Les sacrifiés de la Somme

Dans la collection
polars en nord

Dernières parutions

134. *Crimes et curare*, de Pierre Machu
135. *Le Cercle de la Wyverne*, d'Hervé Jovelin
136. *Plus jamais ça !*, d'Aude Lhôtelais
137. *L'affaire Agathe Vanders*, de Guillaume Lefebvre
138. *Angoisse à louer*, de Patrick-S. Vast
139. *Échec au maton*, de Lou Desmalines
140. *Via Crucis*, de Geneviève Reumaux et René Charlet
141. *Le silencieux*, de Michel Bouvier
142. *Les ombres de Calais*, d'Estelle et Richard Brichet
143. *Le glaucome de Picardie*, de Daniel Auna
144. *La main noire*, de Robert Vincent
145. *Un requin sous les arbres*, de Bernard Leconte
146. *Dernier tango à Lille*, de Blandine Lejeune
147. *Risques et terrils*, de Jean-Louis Guidez
148. *Les sanglots longs*, de Philippe Masselot
149. *Le secret de la Vieille Bourse*, de Bernard Guérin
150. *Signes de Croix*, de Donat Nobilé
151. *Terminus Calais*, de Patrick Morel
152. *Monopolille*, de Philippe Declerck
153. *Paradis 123*, de Bénédicte Boullet

Dominique Fouchard

Les sacrifiés de la Somme

RAVET-ANCEAU
ÉDITEUR DEPUIS 1853

Titre original : *Le liseré rouge*

5 rue de Fives, BP 70123, 59651 Villeneuve-d'Ascq cedex
ISBN : 978-2-35973-382-2
EAN : 9782359733822
ISSN : 1951-5782

À Victoria, Marisara et Lisa.

1

Doullens, octobre 1923.

Un jeune policier était arrivé chez nous au printemps de l'année 1920. Il s'appelait Jules Mistral. Il venait du Sud. Son accent chantant trahissait ses origines méridionales. C'était un gentil garçon. Le visage pâle, presque féminin, un sourire comme celui d'un enfant malade et d'autres aspects de sa personnalité juraient avec la fonction de policier. Nous fûmes vite dans l'embarras car il apparaissait évident aux yeux de tous que ce garçon n'était pas fait pour ce métier. Je ne sus dire pour quelles raisons obscures il m'inspira de la pitié. Il m'arrive de rechercher dans mon journal les passages que je lui consacrais, les mois où il fut présent parmi nous. Sa disparition aussi soudaine que brutale hante mes nuits. Le remords habite ma conscience : je n'avais rien fait, ou si peu, pour empêcher que ne s'écrive, jour après jour, la chronique ordinaire de la lâcheté. J'ai beau me chercher quelques circonstances atténuantes et, parmi celles qui me viennent à l'esprit, l'enquête que nous menions sur le double assassinat de la rue du Vert-Bout pourrait à elle seule justifier le peu de cas que nous faisions de sa présence à nos côtés. C'était une enquête rendue difficile par les atermoiements d'un homme dont je préfère aujourd'hui taire le nom tant il m'inspire de dégoût, une enquête à l'issue de laquelle il fut établi qu'Edmond Masse avait assassiné sauvagement Claude Blanchard et Marie Karadec.

Depuis quelques années, j'écrivais. Je pensais que ce journal n'intéresserait personne. Mais peu m'importait puisque cela me faisait du bien et que je n'avais nul désir de voir un jour ces écrits publiés. Devant ma page blanche, je me détachais du monde et de mes souffrances ordinaires. C'était quoi au juste ces souffrances ? Rien, pas grand-chose en tout cas, mais ce qui les révélait quotidiennement, c'étaient une apathie nauséeuse et une langueur à nulle autre pareille. J'avais commencé à écrire le 3 septembre 1919, il y a plus de quatre ans maintenant ; je n'ai pas grand mérite à me souvenir de cette date. La veille, j'avais mis en terre ma mère dont l'affection m'avait cruellement manqué dans les années tendres de l'enfance. Comme tout homme confronté à cette épreuve, j'avais beaucoup souffert et sa perte fut l'un des moments les plus tristes que j'ai eu à connaître jusqu'à présent. Dans mes premiers écrits, je faisais souvent référence aux quatre années de guerre que nous avions traversées dans l'angoisse. La guerre de 14-18 qu'on appela la Grande Guerre, pour ne pas lui donner le nom de « boucherie », était toujours présente à l'esprit. Pas un seul instant nous ne pouvions oublier cette terrible épreuve. C'est drôle, parfois, le nom donné aux guerres. À l'école, nos maîtres nous parlaient de temps à autre de la guerre de Cent Ans sans que nous retenions le nom du vainqueur et combien d'années elle avait réellement duré. Mais cette guerre de 14-18, notre guerre devrais-je dire, nous laissait un goût amer. Certes, l'occupant avait été refoulé et notre France n'était plus amputée de nos régions d'Alsace et de Lorraine, mais à quel prix ? Celui des terres de Somme sacrifiées pour sauver Paris ! Qui osera le dire ?

Une guerre est définitivement gagnée lorsque l'ennemi est écrasé, piétiné et qu'il supplie le vainqueur de le gracier. Or, dans notre cas, l'armistice avait ce goût d'inachevé. Quatre années de guerre, quatre années dans un enfer dont nous étions les voisins et à, de très rares occasions, les victimes. Quelques kilomètres à peine nous séparaient du « théâtre des opérations » et, en fait de théâtre, se joua dans nos champs, sur cette terre de Somme, la plus grande des tragédies que les hommes en uniforme, des enfants souvent, eurent à subir.

Pendant ces mois de privations et d'extrême inconfort, il m'a fallu veiller sur les destinées de mes proches ; celles de mes trois filles Hortense, Françoise et Cécile, et de Madeleine, ma tendre épouse. Quant à la mienne, depuis que l'âge de raison m'avait permis de le faire, je l'avais remise entre les mains de Dieu. Je ne sais si, de là-haut, il avait perçu la sincérité de mes prières, mais je le crois puisqu'il nous épargna les souffrances communes à bien des familles. Ainsi, tout le temps que durèrent ces quatre années de guerre, je restai tapi en attendant que le bruit des canons et la fureur des hommes aient cessé. Mon âge, 40 printemps au début de la guerre, et ma fonction d'inspecteur de police m'avaient évité le sort peu enviable de milliers de jeunes hommes que l'on voyait défiler de temps à autre dans les rues de Doullens. Quand l'occasion nous était donnée, nous nous pressions pour les regarder marcher en rangs serrés et au pas cadencé dans leur uniforme gris-bleu, le fusil au creux de l'épaule. J'ignorais les pensées qui pouvaient visiter l'esprit de ces soldats lorsqu'ils nous observaient du coin de l'œil, nous les civils, les spectateurs de cette parade dont nous ne pouvions ignorer l'issue tragique. Était-ce l'orgueil du combattant prêt au sacrifice ou le sentiment diffus de la jalousie ?

Les souvenirs, parfois c'est bête, ça vient sans demander la permission à personne. Nous étions, ce jour-là, quelques passants à fréquenter la rue des Charcutiers ; ce n'était pas son vrai nom à la rue Verranne mais c'est ainsi qu'on l'appelait. Un détachement de soldats, le barda sur le dos, passa et je n'ai jamais su si c'était la faim qui tenaillait leur estomac mais toutes ces victuailles offertes à l'envie des regards détournèrent leur attention. Le chien des Duhamel, nos voisins, traînait par là. Il avait ses raisons, ce beauceron, et ses raisons se mariaient avec la gentillesse de notre charcutier. Tous les matins, qu'il plût ou ventât, il venait planter son museau sur la vitrine du magasin et jappait jusqu'à ce qu'il reçût en offrande un morceau de jarret ou des abats en rebut.

Les conflits d'intérêts naissent souvent de l'entêtement des uns et des autres. Le détachement devait poursuivre son chemin tandis que le chien des Duhamel ne voulait pas s'en laisser compter. Têtu comme un Boche, les muscles tendus, prêt à l'assaut, il menaça les soldats de ses crocs. Certains, que les mauvais souvenirs empruntés à l'enfance avaient rendus prudents, s'écartèrent ; d'autres, plus assurés, confiants dans la solidité de leurs bandes molletières, forcèrent les premiers à respecter la cadence. D'autres encore, fascinés par tous ces saucissons, longs comme des serpents, qui pendaient derrière la vitrine, ralentirent le pas. Et, comme si la partition avait déjà été jouée, un soldat, déséquilibré par la lourdeur de son barda, trébucha en voulant prendre appui sur l'épaule de son voisin, lequel s'écarta en bousculant un troisième. Ce dernier ne put s'empêcher de jurer tandis que le chien des Duhamel, perdu dans ce jeu de quilles impromptu, redoublait ses menaces en aboyant à tue-tête. Les badauds, c'est aussi bête que le chien des Duhamel : la chute du soldat provoqua l'hilarité des spectateurs. C'était indécent. L'un des soldats qui fermaient la marche derrière le dos du gradé montra un poing rageur à l'adresse d'une dame un peu ronde dont le seul crime, outre celui d'abuser des bonnes choses de la table, était d'avoir pouffé de rire jusqu'aux larmes.

Le lieutenant, un petit « pète-sec », exigea que son petit monde reprenne position. Son ordre claqua dans l'air chaud de ce matin de juillet, comme un coup de feu. Je m'étais avancé vers lui pour décliner mon identité et ma fonction d'inspecteur de police. Nous nous serrâmes la main et je lui demandai où il allait. « À Albert ! » me répondit-il. Aujourd'hui encore, la scène de ce gamin déguisé en soldat trébuchant sous les rires des passants hante mon esprit. Je revois son visage éploré de s'être rendu ridicule devant ses camarades. Avec le temps, il m'arrive de le confondre avec celui de Jules Mistral. Ils se ressemblaient à s'y méprendre : la même innocence, une fragilité incommensurable.

La plupart de ces soldats que nous regardions défiler n'avaient que quelques semaines à vivre. De Bretagne, de l'Aude profonde ou du Cantal, ils étaient venus sur notre terre de Somme quand ce n'était pas d'Afrique, d'Australie ou d'Amérique. Ils n'étaient plus ivres d'un rêve héroïque et brutal et se seraient bien passés de jouer les héros morts au champ d'honneur. S'ils avaient eu le choix, ils seraient restés chez eux à cultiver la terre de leurs ancêtres pour nourrir femme et enfants.

« À Albert ! » m'avait-il répondu sans un sourire mais avec la détermination froide des petits chefs, ceux qui obéissent aveuglément aux ordres « parce qu'un ordre est un ordre, on ne discute pas ! » Il était trop sérieux ce lieutenant, et quand il toisa la dame aux flancs généreux, on pouvait lire dans son regard tout le mépris du monde.

À Albert, les régiments se formaient pour rejoindre la ligne du front. La guerre avait pour théâtre la commune de Thiepval. Nous étions dans les premiers jours de juillet de l'année 1916 : la bataille de la Somme venait de commencer.

Bien plus tard, quand les canons eurent refroidi, nous sûmes la vérité : jamais il n'y eut sur terre pareil endroit ! Tant de chairs martyrisées, putréfiées, sacrifiées à l'orgueil des nations : des morts qui se comptaient par centaines de milliers. Le Boche, chez nous, on ne peut pas lui pardonner : il est venu souiller notre terre. Le curé de notre paroisse, l'abbé Gaudissart, nous exhortait au pardon lorsque, au confessionnal, nous lui avouions à voix basse notre haine des Alemands. C'était un curieux bonhomme, l'abbé Gaudissart, un tantinet cabotin, un « bon vivant » comme on disait entre paroissiens, toujours disposé à faire ripaille et peu enclin à s'émouvoir du sort fait aux plus pauvres.

2

Ce n'était pas à l'abbé Gaudissart que je songeais lorsque enfant je caressais le désir d'enfiler la robe des séminaristes. Cette idée qui déplaisait tant à ma mère s'installa dans les enchevêtrements d'une âme enchantée par la beauté du latin et celle des chants grégoriens. Pendant toutes les années de l'enfance, je n'ai cessé de prier Marie. À genoux sur le plancher du réduit qui me servait de chambre, j'appelais de toutes mes forces ses faveurs. Toutes ces suppliques ne purent changer le cours de ma destinée. Ma mère, qui fut une bonne mère pourtant, avait hérité de l'autorité de mon père, un père dont je gardais quelques souvenirs furtifs ; certains réels, d'autres suggérés.

Je ne saurais dire aujourd'hui l'âge qu'avait ma mère lorsque mon père nous quitta sans une explication, sans un mot. Un matin d'hiver, il disparut à jamais. Dès lors, elle prit le deuil et jusqu'à son dernier souffle s'habilla de noir. À cette époque, nous habitions un petit village situé à quelques lieues de Saint-Lô et dont le nom s'est noyé dans les méandres du temps. Un jour, ma mère prit la décision de fuir ces contrées, sans tambour ni trompette. Elle en avait assez du regard des autres, de toutes ces bonnes âmes enclines à la compassion et dont elle doutait avec raison de la sincérité. Il y avait trop d'interrogations sur la disparition de l'homme qui partageait son existence, et il lui semblait qu'à chaque rencontre, elle devait rendre des comptes ou justifier l'inexplicable.

Ma mère lisait beaucoup, pas de la grande littérature, mais des journaux, comme *L'Illustration*, qui parlaient de la vie des reines et des petits princes, des vies de rêve tellement éloignées de la sienne. Elle avait appris par la lecture d'entrefilets dans les journaux que les filatures du Nord de la France réclamaient, chaque jour davantage, des bras d'ouvrières et, comme l'ouvrage ne lui faisait pas peur, elle prit son courage à deux mains et nous partîmes sur les routes de Normandie avec, pour tout bagage, quelques valises contenant nos effets et de la vaisselle. C'est à Doullens, dans la Somme, que nous nous arrêtâmes. Nous étions au début de l'automne. Un calme bucolique régnait sur la ville et le paysage qu'elle offrait plut à ma mère. À la devanture d'un magasin de jouets, un écriteau proposait un emploi de gérante.

Comment cette femme, austère et inflexible, tout habillée de noir et que les garnements désigneraient bientôt du sobriquet de « Dame de pique », réussit-elle à convaincre Mme Élève, la propriétaire du magasin ? Dieu seul pourrait le dire ! Le maintien de ma mère et sa réserve naturelle avaient su la séduire et la fausse confession de son veuvage l'émouvoir. C'est ainsi qu'après une courte période d'essai ma mère donna vie à ce magasin de jouets, farces et attrapes. Elle sut transformer la boutique en un somptueux palais des *Mille et Une nuits*. Le génie des lumières qui devait habiter son âme lui donna l'inspiration des illuminations et, quand décembre venait, la vitrine de Mme Élève se parait de mille feux. Dès les premières heures du jour, les automates s'ébrouaient dans un cliquetis métallique devant des passants médusés, des bourgeois qui accompagnaient leur progéniture avant de regagner leur foyer. Pour les enfants des ouvriers, le cœur de la ville où se nichait la boutique de Mme Élève était trop éloigné pour qu'ils bénéficient au quotidien du spectacle de ces personnages animés. Parfois, au hasard de leurs balades, ils venaient coller leurs joues et bavaient leur morve en rêvant comme Cosette devant sa poupée de porcelaine. Mme Élève nous louait le premier étage au-dessus du magasin, un petit appartement propret qu'au fil des années ma mère réussit à meubler. La propriétaire s'était montrée charitable à défaut d'être généreuse. Mais elle entendait bien imposer les règles d'usage : « nos amies les bêtes ne sont pas les bienvenues », « les enfants doivent être accompagnés ». Cette dernière injonction valait pour tous les enfants, sans exception, pour ceux des bourgeois, *a fortiori* pour ceux des ouvriers, mais également pour « votre fils, madame ! ».

Je grandis, sans crier gare, sans m'en rendre vraiment compte et, de la même manière, le temps glissa sur mes années de jeune adulte. S'il n'y avait les miroirs ou le regard des autres, je ne me serais jamais vu en homme « d'un certain âge ».

3

Quand l'affaire éclata le 30 août 1920, j'étais au milieu du gué entre les deux dates qui bornent une vie et mes fonctions d'inspecteur accaparaient l'essentiel de mon temps. Installé dans les lieux depuis quinze ans, je devais subir au quotidien les avanies de mon supérieur hiérarchique et, parce que son commerce était une épreuve épuisante, j'avais ressenti l'impérieux besoin de décrire dans un journal les états de mon âme.

Il s'appelait Marchand. Peut-être était-ce à cause de ce patronyme si répandu que ses parents, au siècle dernier, lui choisirent le curieux prénom d'Herménégilde pour réparer en quelque sorte une injustice. Le commissaire était un homme de taille moyenne, quelque peu ventripotent, la mine rondouillarde comme un brevet de gentillesse dont il ne faisait guère usage. Quand ses loisirs le lui permettaient, il fréquentait le meilleur tailleur de la rue des Trois-Cailloux à Amiens car il voulait, en toutes circonstances, paraître beau. Or, cet air suffisant qu'il affichait en public jurait avec sa bonhomie et lui valait en vérité beaucoup d'inimitiés. Herménégilde Marchand vouvoyait le monde sur lequel il posait une autorité de fer et un regard acerbe. Il me nommait toujours par ma fonction quand il m'adressait la parole. De tous temps, je fus, au 35 de la rue d'En-Haut, l'adresse du commissariat, l'« inspecteur ». Chaque matin, aussitôt arrivé dans les locaux, je venais le saluer avec une courtoisie étudiée. Il était toujours là, assis, le fessier débordant de son fauteuil en merisier, et c'est à peine s'il daignait lever la tête pour m'adresser son bonjour.

Le commissaire était exigeant et ne souffrait aucune approximation. Sa détestation des choses du commun le conduisait souvent chez les artisans dont la réputation n'était plus à faire. Pour la confection d'un simple gilet, il courait tout Amiens jusqu'à ce qu'il ait déniché le tissu tant convoité. Ce goût du luxe était savamment entretenu par la lecture des catalogues que les grands magasins parisiens éditaient et dont il recevait mensuellement un exemplaire. Quand son choix était fait, il tançait l'artisan qui hésitait à satisfaire ses exigences. Autre manie de bourgeois, c'était au commissariat, dans son bureau, qu'il prenait quotidiennement son petit déjeuner selon un rituel établi de longue date. Il arrivait vers les 8 heures, s'installait dans son fauteuil et parcourait la presse locale. Lorsque l'horloge à poids indiquait les 9 heures, le policier de service débarrassait la table sur laquelle le commissaire entreposait les dossiers du jour. Puis Adélaïde apparaissait, les bras chargés de paniers, en poussant parfois la chansonnette, ce qui indisposait son maître.

Adélaïde était la bonne à tout faire d'Herménégilde Marchand. Personne ne lui connaissait de nom. Nous savions simplement qu'elle était déjà au service des parents du commissaire depuis la fin du siècle dernier. Adélaïde était toujours affable. Lorsqu'elle étalait la nappe vichy sur la table du commissaire, elle prenait toujours soin d'éviter les plis tout en disposant les pots de beurre ou ceux qui contenaient les confitures de mûres, ces petites baies qu'on trouvait en abondance dès la fin de l'été dans les fossés de la citadelle. Quelques tartines et une viennoiserie complétaient de temps à autre le repas matinal. Après avoir tout englouti, le commissaire avalait son bol de chocolat, se tamponnait les lèvres avec une serviette assortie à la nappe puis s'en allait faire le tour des bureaux pour s'entretenir avec chacun des affaires du jour.

Ce matin du 30 août 1920, par la porte entrebâillée de mon bureau, il passa la tête puis ajouta avec une pointe d'incrédulité dans le regard :

– Inspecteur, on me dit qu'il y a un cadavre, rue du Vert-Bout. Fiquet et Mistral sont partis sur les lieux.

Des morts violentes, il y en avait davantage depuis que la parenthèse de la guerre s'était refermée. Un mari jaloux, un commis envieux, un vieillard désespéré, ça arrivait parfois, jamais rien cependant qui valait la peine de s'émouvoir. Les beaux assassinats ne fleurissaient pas beaucoup dans nos cantons. Quand les coupables voulaient jouer à cache-cache avec la vérité, la partie ne durait jamais plus de deux ou trois jours. Ceux-là, on les aimait bien malgré tout. On les préparait comme les gros escargots, ceux de Bourgogne qu'on ramassait après l'orage, en les mettant à la diète : du pain sec et de l'eau ainsi que quelques taloches, « pas bien méchantes, commissaire ! ».

Herménégilde Marchand laissait faire ses hommes. Mais, en vérité, il abhorrait ces méthodes et me savait gré de ne jamais les employer. Ce qu'il préférait avant tout, c'était « ... la cuisine à feu doux. Laissez-les mijoter dans le jus de leurs remords, ils finiront par craquer ! Ne soyez pas impatients, il faut savoir attendre le moment opportun, mais attention à ne pas laisser brûler la sauce, parce qu'ils sont, alors, capables d'avouer tout et n'importe quoi. En un mot, messieurs, de la psychologie, tout est dans la psychologie ! »

*

*   *

– Fiquet et Mistral ne devraient pas tarder !

Le commissaire jetait de temps à autre un coup d'œil par la fenêtre.

L'inspecteur Fiquet, j'aurais préféré ne jamais le connaître mais le hasard des promotions et des avancements nous avait conduits dans le même commissariat. Je n'aimais pas cet homme et son sourire chafouin qui se voulait amical ; sourire auquel je m'efforçais d'esquisser une réponse sans y parvenir tout à fait. Il y avait dans ce personnage en apparence débonnaire quelque chose d'intrigant qui m'invitait à la plus grande des prudences. Je le savais retors, sans scrupules, capable de tuer père et mère pour tirer avantage de toute situation. Un autre aspect du personnage m'insupportait : il fumait la pipe sans modération. Le « brûle-gueule » toujours collé aux lèvres, il vous renvoyait dans la figure des volutes de fumée qui empestaient les bureaux. Il m'arrivait de lui faire remarquer combien il était désagréable de trouver, dans les pièces cotées des procès-verbaux, des limbes de tabac pisseux fraîchement sortis de sa blague mais il s'en contrefichait.

– Inspecteur, les gamins prétendent avoir vu un cadavre, celui d'une femme habillée d'une robe de cretonne, comme celle de la poupée dans la vitrine de chez Mme Élève…

En quelques phrases, le commissaire me rapporta, avec circonspection, le témoignage des enfants Zudek, deux frères accompagnés de leur cousin germain. Le plus petit n'avait que 8 ans, les deux autres, entrés dans l'adolescence, avaient déjà fait parler d'eux. « Des chenapans, des propres à rien, de l'espèce des cœurs faillis ! » Leur mauvaise réputation s'était répandue au-delà des frontières de la cité ouvrière. « Des petits trous-du-cul… et, avec ça, effrontés comme c'est pas permis », insistait l'inspecteur Fiquet.

Les parents Zudek n'aimaient pas que leurs fils fassent les zouaves en ville. Dans l'enceinte de la cité ouvrière, c'était différent. Un chapardage ou un carreau cassé ; toutes ces bêtises se réglaient sans autre forme de procès qu'une bonne engueulade ponctuée de quelques coups de ceinturon. Les suppliques des garnements n'attendrissaient personne et il arrivait qu'un voisin se substituât au père pour sanctionner sur-le-champ les coupables. Mais au-delà de la cité, c'était le monde civilisé avec ses lois aux subtilités desquelles les fils Zudek furent initiés, le jour où, ayant chapardé des fruits à l'étalage pour faire les marioles, ils furent attrapés et conduits au trou pour une nuit. Une nuit, enfermés seuls dans une cellule à 12 ans, permet de réfléchir aux conséquences de ses actes et à l'implacable dureté des règles de la ville, la vraie ville, pas la cité ouvrière. Alors, quand ils prétendaient avoir vu le cadavre d'une femme habillée d'une robe de cretonne comme celle de la poupée exposée dans la vitrine de Mme Élève, on demandait à voir.

Une heure plus tard, l'inspecteur Fiquet et le jeune policier Mistral étaient de retour au bureau. Dès leurs premières déclarations, nous comprîmes que c'était « du lourd ! » comme nous le disions parfois dans notre jargon. Et même « du très lourd ! ».

4

– Il y en a deux : un homme et une femme ! On les a trouvés rue du Vert-Bout dans une des caves de la maison sous un tas de sable. Deux squelettes !

Le commissaire écoutait le rapport de notre jeune collègue Jules Mistral sans lui prêter beaucoup d'intérêt. L'oreille distraite, l'esprit dans l'embarras des mille pensées qui l'assaillaient ce jour-là, il se frottait le menton. Un détail l'agaçait : entre les plis de son cou se dressaient quelques poils hirsutes.

– Oh ! lui, il ne va pas tarder à entendre parler du pays… bon, messieurs, apparemment, ils ne sont pas morts de mort naturelle…

Celui contre lequel le commissaire maugréait, c'était le barbier de la rue d'En-Haut. Lorsque Herménégilde Marchand entrait dans son salon, les conversations s'estompaient, les clients se redressaient. Tous ceux qui, de près ou de loin, avaient quelque chose à se reprocher tenaient le verbe bas ou évitaient de se présenter sur le coup des 11 heures, l'heure du commissaire. L'homme était d'une ponctualité remarquable et exigeait que la besogne fût exécutée par M. Dumont. « Pas question ! » avait-il éructé, le jour où le barbier avait proposé le nom de son commis pour le remplacer inopinément.

Une phrase, un souffle d'Herménégilde Marchand et la vie s'arrêtait, les clients se taisaient. Du matin jusqu'au coucher du soleil, le commissaire vivait comme sur une scène de théâtre : un bon mot, des effets de manche, quelques feintes colères, tout concourait à lui donner le premier rôle et, pauvres de nous, policiers, barbier ou menuisier, nous étions mus par l'ardente obligation de satisfaire tous ses caprices sans toutefois tomber dans la servilité comme ce fut hélas le cas de notre jeune collègue Jules Mistral.

Pauvre Mistral !

À peine avait-il déposé ses bagages en provenance de son Midi natal qu'il tomba sous la coupe du commissaire. Nous fûmes, plusieurs mois durant, les spectateurs placides de la lente et terrible descente aux enfers de ce jeune homme, et moi, pas davantage que les autres, je n'avais tenté de l'aider. Était-ce par lâcheté ? Assurément ! Car chaque soir, en relatant dans mon journal ses faits et gestes, j'avais le sentiment d'écrire la chronique ordinaire de la bêtise humaine : aucune main ne vint à son secours. Pourtant chacun voyait bien, parce que son malheur crevait les yeux, qu'il était en grande souffrance. Que lui avais-je offert ? De la compassion, certes, mais ce ne fut pas suffisant et je m'en voulais. Il m'eût fallu trouver les mots, les gestes pour l'aider, ce que je n'ai jamais su, ce que je n'ai jamais fait.

Depuis quelques années j'étais le second du commissaire. Je n'avais jamais compris les raisons qui le poussèrent un jour à me choisir car tout nous opposait. Tant sur les conceptions du monde que sur les aléas de la vie politique, nos points de vue divergeaient.

– Commissaire, puis-je me permettre ?

Je lui fis remarquer combien il serait difficile d'établir les causes des décès. Jules Mistral précisa, d'une voix mal assurée :

– Le Dr Saindec est sur place, il procède à l'examen des squelettes et peut-être nous en dira-t-il davantage ?

Le commissaire haussa les épaules et détourna son regard, marquant ostensiblement le peu d'intérêt que lui inspiraient les réflexions de notre jeune collègue. Il ajouta à qui voulait l'entendre :

– Que Dieu, dans sa miséricorde, nous vienne en aide !

Que cherchait-il en l'instant ? Me blesser pour je ne sais quelques raisons intimes. Ce n'était certes pas la première fois qu'il jouait avec ironie sur le registre de la foi. Pour le petit monde du 35 de la rue d'En-Haut, je faisais figure de « pièce rapportée ». Comment pouvaient-ils expliquer la présence à leurs côtés d'un homme connu pour sa piété et son empressement aux offices religieux, obéissant au premier des commandements « Un seul Dieu tu adoreras et aimeras parfaitement ».

Il se disait partout que j'étais nostalgique de l'ordre ancien, celui de la royauté, et que cette dévotion allait jusqu'à participer à l'office célébrant la mort de Louis XVI, les 21 janvier. Tout cela était exact et je ne m'en cachais pas, cependant rien dans mes propos ni dans mon comportement ne pouvait s'apparenter à un quelconque prosélytisme. Je ne parlais jamais de ma foi en Dieu. C'était comme un jardin secret. Mon attitude était constante : je laissais à chacun le soin d'agir en conscience et selon ses convictions pour peu qu'on respectât les miennes.

*

* *

L'inspecteur Fiquet insista en reprenant son souffle :

– Commissaire, excusez-moi, mais il faut absolument que vous alliez voir sur place, c'est pas banal !

Il semblait bouleversé par la scène dont il venait d'être le témoin et ne comprenait pas le peu d'empressement de Marchand à prendre les choses en main.

Dans l'heure qui suivit, nous nous rendîmes sur les lieux. Au fond de la cave reposaient les restes des deux victimes. Le docteur avait exigé qu'on époussette à l'aide d'un plumeau les deux squelettes enfouis dans le sable. En examinant attentivement les habits qu'ils portaient, il avait pu établir les faits qu'il nous indiqua sitôt que nous l'eûmes rejoint :

– L'homme a été tué par une arme à feu, dans le dos, au niveau du thorax, regardez ! Les deux impacts de balle ont provoqué des déchirures dans sa vareuse et une côte a éclaté… On retrouve également des déchirures sur le devant mais elles sont moins nettes.

– Et la femme ?

– Pour elle, c'est plus difficile : rien de cassé… mais à l'examen attentif de la boîte crânienne, on aperçoit une très légère entaille, or celle-ci est antérieure à la mort car le cartilage a eu le temps de se reformer.

Le commissaire n'était guère de bon poil. Il n'avait pas aimé le ton insistant avec lequel l'inspecteur Fiquet l'avait presque obligé à quitter son bureau pour se rendre sur les lieux de l'assassinat. Pour démentir l'empressement de son subordonné, il ajouta d'un ton qui se voulait badin :

– Bon, y a rien qui presse, ça fait plusieurs années qu'ils sont là et, depuis, l'assassin a eu largement le temps de prendre la poudre d'escampette.

Quelques instants plus tard, le commissaire nous convoqua dans une des chambres, contiguë à celle du couple, au premier étage de la maison. En attendant que le docteur nous ait rejoints, il tournait en rond, la tête ployée sous le poids de ses pensées, une main sur l'estomac.

– Messieurs, j'ai fort à faire aujourd'hui : d'autres urgences me retiennent en ville. Voici mes ordres : inspecteur Fiquet, vous mènerez l'enquête de voisinage. Je veux savoir qui ces deux malheureux fréquentaient, ce qu'ils faisaient dans la vie et tous les renseignements utiles que vous pourrez glaner. Vous mettrez aussi les scellés sur les portes de la maison. Docteur, concernant les corps, du moins ce qu'il en reste, vous ne voyez pas d'inconvénient à avertir les services des pompes funèbres pour qu'ils nous en débarrassent après vos derniers examens ? Et maintenant, si cela ne dérange personne, je souhaiterais rester seul avec l'inspecteur.

Le commissaire était contrarié pour des raisons qui n'avaient rien à voir avec le double assassinat de la rue du Vert-Bout et dont je subodorais la nature pour en avoir reçu les échos, la veille au soir.

5

Je restai seul avec le commissaire pendant qu'il prenait tout son temps à observer dans le moindre détail l'ameublement de la pièce.

– Du palissandre massif, joli ! susurra-t-il en poursuivant son inspection. Il y a bien longtemps que la femme de ménage a remis son tablier ! Regardez, inspecteur, cette poussière ! me fit-il remarquer en me présentant le gant avec lequel il avait essuyé les boiseries. Il y a belle lurette qu'il n'y a plus âme qui vive dans ce manoir !

À proprement parler, il ne s'agissait pas d'un manoir mais d'une maison de maître construite au siècle dernier, en retrait de la rue et dont l'arrière s'ouvrait sur ce qui fut par le passé un écrin de verdure serti par des rangées de pommiers. Personne n'était venu entretenir le jardin et ramasser les quelques reinettes jonchant le sol. La nature se nourrissait de cet abandon avec un appétit toujours insatisfait. C'était la glycine qui, en se développant, avait fracturé le bois vermoulu des persiennes.

– Regardez, me dit-il en tendant son index vers l'une des fenêtres du haut, c'est par là que les fils Zudek se sont introduits. Demain, vous me les cuisinez. Il faut qu'ils crachent tout ce qu'ils savent. À mon avis, leurs dépositions ne feront pas avancer l'enquête, mais peut-être comprendront-ils qu'on ne va pas chez les gens comme ça… et il faudra aussi qu'ils s'expliquent sur toute cette vaisselle cassée qu'on a retrouvée dans la première cave.

Il était bientôt 11 heures, le barbier devait attendre. Pour une fois, la ponctualité du commissaire serait mise à mal. De temps à autre Herménégilde Marchand se tamponnait le front avec un mouchoir que sa mère avait, autrefois, brodé à ses initiales. Le contraste entre la chaleur rayonnée par un soleil généreux et le froid humide qui régnait dans la maison était saisissant.

À deux jours de septembre, le ciel gardait ses apparats d'été. Le commissaire craignait ces températures élevées mais redoutait autant les grands froids, assez fréquents dans nos contrées. En vérité, il ne se sentait bien que lorsque le mercure voisinait les vingt degrés. Nous ne pouvions l'ignorer. Cette référence de température était gravée dans une pièce de bois sur laquelle il avait fixé un baromètre de Torricelli. Fréquemment, j'avais droit à ces prévisions météorologiques ponctuées de quelques réflexions lancées à l'emporte-pièce :

– La science, c'est la mère de toutes les vérités en ce bas monde. Attention ! Inspecteur, quand je proclame ma foi en la science, c'est un abus de langage. La foi, je vous la laisse en concession. Quand je dis que je crois en la science, ce n'est pas comme les enfants au moment de Noël. Eux, ils clament leur croyance au Père Noël, mais en vérité, écoutez-les bien, très vite, ils s'essaient au doute et interrogent cette vérité qui les titille sur l'instant pour la convertir plus tard en erreur…

Je l'écoutais poursuivre son monologue sans grand intérêt, las de ses propos que je jugeais prétentieux :

– … La terre a bien tourné autour du soleil pendant des siècles et pourtant ça n'empêchait pas les bougres de l'époque de croire le contraire. L'important, ça n'est pas de croire ce que l'œil voit mais de penser ce qu'il ne peut voir… la pensée première est toujours un obstacle à la vérité scientifique…

Il répéta ses dernières paroles avec la jouissance imbécile de celui qui s'estimait supérieur aux autres :

– Je vous le redis : l'important, ça n'est pas de croire ce que l'œil voit mais de penser ce qu'il ne peut voir. C'est pour cette raison, inspecteur, que je dors mal, je me demande toujours quand nous pourrons nous débarrasser de nos préjugés, de nos faux principes. Je suis habité par le doute. Comment pouvez-vous me faire croire, vous, que Jésus a marché sur l'eau ? Alors qu'aucun homme n'est capable de le faire en vertu des lois physiques les plus élémentaires, et vous, vous me dites : « Aucun homme n'est capable de marcher sur l'eau et si un homme a pu le faire, c'est qu'il n'est pas seulement homme, il est aussi fils de Dieu. » Voilà votre manière à vous, chrétiens, de construire vos vérités par d'habiles syllogismes… Bon, inspecteur, ne nous fâchons pas, nous avons trop à faire.

C'était sa façon de mettre fin à ses monologues. Depuis tant d'années que nous nous fréquentions, le désir de lui répondre s'était émoussé. Je dois à la vérité de dire que je considérais cet homme intelligent et cultivé même s'il ne m'impressionnait pas.

– Bon !… Passons aux choses sérieuses, cette affaire tombe on ne peut plus mal.

Le commissaire était contrarié. Il avait lancé pour le soir même une invitation à son cercle d'amis devant lequel il s'était engagé à commettre un rapport. Celui-ci concernait la situation de ces familles polonaises qui s'étaient installées à partir de 1907 dans le Nord de la France. Faisant suite au traité de Versailles, le gouvernement avait signé avec celui de la Pologne de nouveaux accords prévoyant l'accueil massif de ces travailleurs étrangers. Or, leur intégration posait de nombreux problèmes que Marchand avait longuement étudiés tout l'été. Aussi souhaitait-il communiquer la primeur de ses réflexions à ses amis et recevoir leurs remarques avant d'en faire part à sa hiérarchie.

Ce cercle d'amis comprenait, outre sa personne, trois autres membres. Le premier, le plus proche de ses idées, c'était Blaise Godard, l'inspecteur de l'Instruction publique, un homme pétri de culture, portant beau et très sensible aux charmes de ces demoiselles auxquelles il accordait une attention toute particulière lors de sa tournée d'inspections. Le deuxième personnage n'était autre que le secrétaire général de la mairie, le seul des quatre encore marié, et père de deux enfants revenus miraculeusement indemnes de la guerre. Marcel Ronsard, par sa fonction, était connu de tous, bien que, par nature, il restât effacé. Agissant dans l'ombre des élus, il savait orienter avec componction leurs décisions et avait réussi, au fil du temps, à marquer de son empreinte la rénovation de la ville. Quant au troisième, Pierre Maillon, le pharmacien, il ne quittait jamais son officine de la journée. Entre deux lectures de revues médicales, il tournait autour de ses employés, veillant à la posologie des préparations médicamenteuses et n'hésitant pas à tancer son petit monde pour exiger ordre et propreté. On ne comptait plus ses années de veuvage. La perte de sa tendre Louise remontait au siècle dernier, une vie perdue dans les souffrances de l'enfantement et les cris déchirants de l'agonie. « Un garçon, c'est un garçon ! » lui avait-il murmuré, le visage défait dans des larmes que ni le temps ni les amis n'avaient pu assécher. Georges, le fils, avait grandi comme un coupable, en se faisant le plus discret possible, et tout le monde disait que c'était bien, lorsque, la majorité venue, il quitta Doullens et s'en alla aux Amériques. Et s'il donnait de ses nouvelles, c'était dans une économie de mots qu'il s'adressait à son père : une simple carte postale envoyée à chacun de ses anniversaires. On racontait dans tout le pays que le père en voulait toujours à son fils.

Ces quatre-là s'étaient connus sur le tard, à l'âge où les passions s'estompent, où l'on regarde les choses de la vie avec plus de détachement. Bien installés et suffisamment fortunés pour ne pas avoir à penser aux lendemains, ils se ressourçaient dans cette amitié en se promettant fidélité. Ils avaient connu, enfants, la défaite de Sedan puis la naissance de la Troisième République et ses combats pour imposer aux institutions de notre pays le principe de la laïcité, combats auxquels chacun, devenu adulte, et à des degrés différents, avait participé, tous les quatre viscéralement anticléricaux ; cette posture, je la connaissais depuis longtemps. Je savais également que, de moi, ils médisaient, empruntant mon nom pour l'attribuer aux personnages de leurs histoires qui se voulaient drôles. Un florilège d'expressions imbéciles : « cureton », « bigot », « grenouille de bénitier » donnaient du relief à leurs moqueries.

*

* *

– Cette affaire tombe bien mal ! J'ai trop de chats à fouetter aujourd'hui. Inspecteur ! Vous allez prendre la voiture et vous rendre à la ferme des Loubet. Adélaïde vous accompagnera. Elle sait ce qu'il faut apporter pour ce soir et les jours prochains. Allez-y dès maintenant, ne vous mettez pas en retard !

Ce n'étaient pas les scrupules qui l'étouffaient. De mon rang et de ma fonction, il faisait ce que bon lui semblait. Dans son esprit, tout était affaire de priorité, et la priorité d'Herménégilde Marchand s'appréciait selon des critères qui échappaient à l'entendement de chacun d'entre nous. Ainsi, ce jour-là, ce n'étaient pas les deux morts de la rue du Vert-Bout qui le préoccupaient mais bien davantage le rapport dont il avait promis l'envoi, le soir, avant le repas.

Pour le commissaire, nous n'étions que des pions. Quel qu'ait été notre grade, il nous employait à sa guise en nous affectant à des postes ou à des missions qui, parfois, se confondaient avec ses besoins personnels : chauffeur, plâtrier ou factotum, il se souciait peu de savoir si ces activités entraient dans le champ de nos responsabilités. Il était commissaire ; nous lui devions respect et obéissance, en toutes circonstances. Mais il n'était pas sot, loin s'en faut, il savait mesurer en chacun de nous le degré de résistance à ses lubies et n'allait jamais au-delà, excepté avec Mistral. Ainsi, quand il me demandait de me rendre chez les Loubet pour accompagner Adélaïde, il n'était pas dupe : cette promenade en voiture dans la campagne environnante n'était pas pour me déplaire. Au contraire, j'aimais beaucoup cette petite route qui serpentait entre les vallons. Les coquelicots, en été, dessinaient un liseré rouge le long de la route, tranchant par la vivacité de leur couleur de sang avec la verdure des prairies. Dans mon âme bucolique se répandait le bonheur simple des jours tranquilles.

6

Bien avant le nouveau siècle, les Marchand possédaient plusieurs fermes dans le canton et le fruit des métayages venait grossir leurs rentes auxquelles s'ajoutaient quelques placements financiers heureux. Mais Herménégilde Marchand n'était guère intéressé par cette économie tirée de la terre et de la souffrance des hommes. Sitôt après le décès de ses vieux parents, il avait cédé ses baux et vendu ses terres, à l'exception de celles des Loubet. Il éprouvait de l'ennui à fréquenter ses derniers métayers. Aussi me confiait-il souvent le soin de leur rendre visite.

Adélaïde, qu'au 35 de la rue d'En-Haut on surnommait « Bonne Mamie » avec affection, n'était pas rassurée lorsqu'à mes côtés elle devait s'installer sur le siège avant droit de la Panhard & Levassor. Elle se recroquevillait le plus en arrière possible, une main crispée sur la poignée, et ponctuait ses propos de : « Faites attention, on ne sait jamais ! » Il arrivait qu'un chevreuil traverse la route comme pour lui donner raison.

– Ah ! vous allez trop vite ! Inspecteur, vous me faites peur !

Pour Adélaïde, au-delà du trot pesant des Boulonnais, tout allait trop vite. Au cours de nos conversations, elle évoquait avec un brin de nostalgie ces « foires aux bras » où son père venait se louer chaque année au dernier jeudi de mars sur la place du marché. Les métayers faisaient leurs courses pour la belle saison. D'abord les bêtes : le plus facile. Un bon cheval, ça se repère comme le nez au milieu de la figure : des muscles saillants, une belle robe, le chanfrein lisse. Difficile de se tromper ! Mais pour les journaliers, c'était une autre paire de manches. Comment déceler le courage et l'abnégation, les vertus premières des hommes de peine à qui l'on demanderait, la journée durant, d'effectuer les nombreuses tâches que réclamait l'entretien des fermes ?

Dans ce « marché aux bras », ceux qui voulaient se louer pour la belle saison savaient s'y prendre. Ils n'hésitaient pas à porter des chemises courtes, même par jour de grand vent, pour faire les fiers et permettre à ceux qui les observaient d'admirer leur torse. Pour le père d'Adélaïde, pas d'inquiétude, il était convoité et la transaction se faisait à peine s'était-il présenté sur la place du marché. Mais pour les plus vieux, ceux que le temps et l'alcool avaient minés, la gageure était plus difficile, mieux vallait en ce cas faire pitié et se donner pour quelques sous et une pitance assurée. C'était bien triste de les voir se traîner tout au long de la journée, comme ces filles de joie que les clients boudaient parce qu'elles avaient fait leur temps.

– Adélaïde, n'ayez pas peur. Vous avez plus à craindre devant vos fourneaux ! rétorquais-je.

Cette réflexion, je la lui adressais à chaque fois qu'elle sursautait. C'était comme un leitmotiv aussi usé que les fonds de pantalon d'Auguste Loubet.

Adélaïde, devant son piano, jouait avec le feu comme le dompteur quand il taquine le fauve. Elle savait l'amadouer puis l'attiser jusqu'à le faire rugir. Son Godin, elle en avait rêvé toute sa vie. Un jour qu'il revenait de Guise, après avoir été séduit par l'organisation sociale du familistère, et ce peu de mois avant la guerre, le commissaire lui avait montré la photographie du piano qu'il comptait acheter pour remplacer ses fourneaux. « Ils datent de Napoléon ! Adélaïde, je vais les changer. » Un jugement péremptoire qui ne laissait de place à aucun atermoiement. Bien qu'elle sache à peine lire, Adélaïde sut déchiffrer toutes les caractéristiques et les possibilités qu'offrait le Godin. Parfois, quand le commissaire s'absentait, elle s'introduisait, à pas feutrés de peur d'être surprise, dans le cabinet de monsieur et, là, s'allongeait, comme une bourgeoise, sur le sofa pour rêver devant la photographie du piano aux festins prochains.

Hélas, la guerre de 14-18 mit brutalement fin à ses rêves et ce ne fut qu'au début de l'année 1920 que le Godin vint trôner avec majesté au milieu de la cuisine. Herménégilde Marchand n'avait pas fait les choses à moitié et, pour ajouter à la magnificence du piano, fit carreler les murs, ramoner les conduits et abattre la vieille cheminée, assurant ainsi un tirage parfait. À l'occasion des

Rameaux, on pendit la crémaillère et ces messieurs du cercle purent enfin découvrir le trésor d'Adélaïde.

*

* *

– Ce soir, il y aura du beau monde », me glissa-t-elle sur le ton de la confidence.

Pour notre Bonne Mamie, le beau monde, c'était les bourgeois, des gens « bien distingués », portant le gilet ajusté au corps et arborant la cravate ou le nœud papillon, des hommes qui prenaient soin de leur barbe, toujours coiffés, légèrement parfumés, « pas des femmelettes… pas comme ce Mistral ! » s'exclamait-elle en pouffant de rire. Tous ces flagorneurs vantaient ses talents de cuisinière et poussaient l'obligeance à faire disparaître les reliefs des mets avant que les plats ne repartent en cuisine. Sensible aux louanges, elle rougissait souvent et le jeu de ces imbéciles consistait à la voir se pâmer d'émotion.

Alors que nous approchions de la ferme, Adélaïde évoqua la question inscrite à l'ordre du jour de la réunion. Elle portait sur l'intégration des familles polonaises dans les cités ouvrières.

– Cette histoire préoccupe tellement monsieur qu'il en a écrit au moins dix pages, il paraît qu'ils vont venir en plus grand nombre, je le sais parce que je les ai lues.

– Vous les avez lues ? demandai-je distraitement en réalisant l'instant d'après combien ces propos pouvaient être blessants.

Mais elle ne s'en offusqua pas.

– Je sais pas bien lire, mais j'ai une bonne oreille et la question était déjà sur le tapis la fois dernière.

Je n'avais nul besoin d'insister pour qu'elle s'entrouvre. Alors elle me répéta les bribes de conversations qu'elle percevait, debout derrière la porte, lorsqu'elle guettait le moment opportun où elle pourrait présenter le prochain plat.

– Ces messieurs sont pessimistes, ils disent que les Polonais ne seront jamais intégrés… qu'ils préfèrent leur Église à la République.

– Adélaïde, ce n'est pas très chrétien de rapporter une discussion privée, lui fis-je remarquer.

– Parce que…, bafouilla-t-elle, je… je sais qu'au fond, vous me comprenez, inspecteur !… M. Marchand, je ne dis pas ça pour dire du mal, mais parfois, il n'est pas très gentil. Il me dit de m'occuper de mes bondieuseries quand je lui fais une remarque… Et des fois, il laisse traîner des livres avec des images, si vous saviez ce qu'on peut y voir… C'est pas Dieu permis… « C'est de l'art » qu'il me répond.

– …

– Pourquoi les Polonais ils veulent pas se mélanger avec nous autres, inspecteur ?

– Adélaïde, vous me posez là une question difficile. J'imagine qu'ils ont leur raison. Peut-être est-ce parce qu'ils ont davantage confiance en notre Christ et en notre sainte mère l'Église qu'envers nos députés.

– Même ceux du bloc national ?

– Ceux-là ou les autres, je ne crois pas qu'ils fassent de différence.

– M. Marchand n'aime pas ceux du bloc national. Il dit souvent qu'ils ne comprennent rien à rien et qu'à force de crier avec les loups, on ne pourra jamais construire la paix entre les peuples. Il dit aussi qu'on humilie les Allemands et que c'est pas bien !

– Tiens donc ! C'est lui qui dit de ne pas humilier les gens, relevai-je avec une pointe d'ironie à peine perceptible.

– Oui, parfaitement, et ces messieurs ont l'air de partager son avis ! Moi, je pense au contraire qu'on a été trop gentils avec eux et qu'on aurait dû écouter le maréchal Pétain et chasser ces « Huns » jusque chez eux et les massacrer une bonne fois pour toutes… Mais je veux plus en parler avec monsieur, parce que tout de suite, il monte sur ses grands chevaux et on peut plus placer un mot.

– Adélaïde, vous avez la liste des courses ? demandai-je pour couper court à cette discussion qui m'ennuyait.

– Oui, vous inquiétez pas, inspecteur ! me répondit-elle en exhibant une lettre à en-tête du commissariat et en se frappant le front de son petit poing… De toute façon, j'ai tout dans ma caboche, je vais leur préparer des pâtés en entrée que je ferai suivre d'un lapin à la moutarde accompagné des nouvelles pommes de terre… et pour dessert une tarte aux pommes… Mais pour les vins, ça c'est pas mon domaine, c'est l'affaire de monsieur, monsieur ne jure que par les bourgognes… Ah ! inspecteur, si vous les voyiez… toutes ces simagrées… C'est à mourir de rire : des « Regardez cette robe ! » et des « Ah ! ce pinot noir, quel cépage ! », et ces « Oh, ce vin est légèrement astringent, ne trouvez-vous pas, mon cher ?… » Oh ! j'oubliais… Inspecteur, le commissaire m'a demandé de vous prendre deux poulets pour votre femme et les filles, il l'aime bien votre cadette, vous savez inspecteur !

– Adélaïde, est-ce que M. Marchand compte garder la ferme des Loubet ? la questionnai-je pour éviter de lui avouer mes sentiments envers le commissaire.

Je savais cependant qu'elle n'était pas dupe.

– Oh oui, pour sûr, inspecteur, ça doit faire plaisir à ses parents qui sont là-haut avec notre Seigneur.

Madeleine se méfiait d'Adélaïde et me conseillait d'être très prudent dans mon commerce avec elle. Ma bien-aimée redoutait sa franchise qui était parfois désarmante. Un jour, Bonne Mamie eut l'ineptie de plaindre mon épouse parce qu'elle portait le prénom de Madeleine :

– Madeleine, celle qui a lavé les plaies de notre Christ, c'était quand même une fille perdue !

Mon épouse n'avait pas relevé ses propos mais, depuis ce jour-là, elle préférait l'éviter. Il est parfois des prénoms difficiles à porter et quand des enfants, des malappris, entonnaient en la croisant l'air de « la Madelon », elle ne souriait plus. Un jour le commissaire me lut à voix haute ce passage savoureux dans lequel Proust parle des madeleines : « Elle envoya chercher un de ces gâteaux courts et dodus appelés Petites Madeleines qui semblent avoir été moulés dans la valve rainurée d'une coquille de Saint-Jacques... »

La tentation de me procurer *À la recherche du temps perdu* était grande. Mais, lors de son sermon, l'abbé Gaudissart nous avait mis en garde contre l'affaissement moral dans lequel se plaisaient tant d'auteurs comme « ce Proust et sa madeleine ». Du haut de sa chaire, il les vouait aux gémonies, les accusant des dépravations les plus viles : « Souvenez-vous de Sodome et Gomorrhe ! »

7

31 août 1920.

Le lendemain du jour où l'on découvrit les deux victimes régnait dans le commissariat un calme apparent. Jules Mistral s'était isolé en attendant l'arrivée d'Herménégilde Marchand. Il rédigeait le constat relatif à la découverte des deux corps et semblait concentré dans cet effort d'écriture. Cette attitude tranchait avec celles des jours précédents et je m'en félicitai. Mais à peine l'avais-je salué pour lui poser quelques questions sur les vêtements des victimes qu'il se mit à rougir, perdant soudainement toute contenance jusqu'à bafouiller des réponses inintelligibles. Je souffrais de le voir si désemparé et préférais abréger cet entretien non sans lui avoir souhaité « bon courage ! ».

Installé devant mon bureau, je me préparais à l'audition des enfants Zudek en couchant sur une feuille de papier les questions auxquelles ils devraient apporter des réponses précises lorsqu'un officier de police me tendit une chemise contenant trois lettres.

– On les a trouvées dans un portefeuille. Il était caché derrière une commode dans la chambre du haut, mais à part ces lettres, rien d'intéressant, me précisa-t-il.

– C'est quoi, ces trois lettres ?

– Des lettres d'un ami de la victime apparemment...

– A-t-on avancé sur l'identité des propriétaires de la maison ?

– Non, rien... Ah si !... Une folle qui est venue nous voir, mais rien à en tirer, elle est complètement dérangée, elle parle pas et gesticule en poussant de petits cris... ce qui a eu le don d'énerver Fiquet.

– Bon... continuez à chercher, je vais recevoir les Zudek ce matin et nous ferons le point quand le commissaire sera là.

– Les Zudek ! Mais ils sont arrivés depuis une heure.

– Parfait, faites-les venir.

Le père entra, suivi de son fils et de son neveu. L'homme n'en menait pas large par opposition aux deux adolescents figés, sur la défensive, dans une attitude crâne.

C'est le père qui parla le premier, s'arrogeant le rôle d'avocat, un avocat ayant troqué sa robe pour une simple vareuse bleue aux manches élimées. D'une voix chevrotante, il implorait mon pardon pour ceux « qui ne sont encore que des enfants, vous me comprenez, inspecteur ». Je l'écoutais, avec détachement, sans manifester la moindre compassion. Les Zudek, je ne les aimais pas.

*

* *

Ils étaient venus dc Pologne, en 1907. Quelques familles seulement ! Cette colonie s'était installée dans notre bourgade après être passée par le centre de recrutement de Soissons. Pendant que les pères et mères s'échinaient au travail, leurs enfants, livrés à eux-mêmes, grandissaient comme le chiendent dans nos champs de blé. « Des petites frappes, des voleurs à la sauvette, de la racaille, pas un pour racheter l'autre. » Fiquet n'était jamais à court d'images pour avouer le peu d'estime qu'il leur portait. Les Zudek, comme la plupart de leurs compatriotes, avaient trouvé de l'embauche dans les manufactures de la vallée. Le travail ne manquait pas. Puis la guerre a éclaté. Nos enfants sont partis défendre la patrie en danger. Pendant ce temps, les Polonais sont restés pour faire tourner les usines à tous les postes, du simple manœuvre au contremaître en passant par l'ouvrier spécialisé. Durant les années de guerre, chacun s'était félicité d'avoir su tirer parti de cette manne docile et généreuse dans l'effort. Les feux de la guerre éteints, il en fut autrement. Les pensions accordées aux valeureux soldats ne compensaient pas la perte de dignité. Estropiés ou mutilés, les boiteux et manchots avaient beaucoup de difficultés à retrouver leurs places à l'usine. Le patronat leur préférait ces gens venus d'ailleurs et regrettait qu'ils ne fussent pas plus nombreux. L'échine souple et du courage à revendre, ils avaient le bon goût de préférer les incantations des prêtres aux diatribes des syndicalistes. Les ferments de grève levaient moins bien que le blé en mai, aux saints de glace, et les divisions de la classe ouvrière cristallisaient les haines. Beaucoup de nos compatriotes souhaitaient leur départ et, toute honte bue, j'en faisais partie sans l'exprimer ouvertement. Ce n'était pas la haine de l'étranger qui troublait mes sentiments à leur égard, mais bien davantage la certitude qu'en cas de nouvelle guerre contre les Boches, ils ne nous seraient d'aucun secours.

*
* *

Le père Zudek, ayant achevé sa plaidoirie, la mine défaite, céda la parole à son aîné. Le garçon, sans aucun trémolo dans la gorge, avec l'assurance de ceux que rien n'effraie, entreprit une longue narration pour expliquer leur présence en ces lieux. « Oui », ils avaient « l'habitude de venir dans cette maison » depuis qu'ils avaient repéré la persienne brisée de la fenêtre du premier étage.

– L'échelle ?

– On l'a récupérée dans la remise au fond du jardin.

– Depuis quand ce manège ?

– Depuis le début de l'été.

– Une odeur suspecte ?

– Non ! Mais ça sentait le moisi.

– Et que faisiez-vous dans la maison ?

– Rien.

– Rien ?

– Non, rien ! Enfin, pas grand-chose.

Difficile cependant pour l'aîné des Zudek d'avouer en ces lieux la présence d'Hortense Magloire, une fille de 16 ans, pas une fillette, loin s'en faut… pas froid aux yeux, la gamine. À l'adolescence, elle récompensa les garçons plus jeunes qu'elle avait chaperonnés depuis les bancs de l'école. Les coquelets devant être initiés, elle s'y employait avec la générosité de celles qui n'étaient pas farouches. Mais le jeu lassa l'ingénue qui jeta vite son dévolu sur les hommes, les vrais, ceux qui, non contents de voir ou de sentir, poussaient le vice jusqu'au plus profond de son petit ventre. La petite avait compris les avantages qu'elle pouvait tirer de son talent et en abusa sans vergogne, avec pour seule excuse les fins de mois difficiles au sein du foyer. La morale, c'est bon pour les gens qui ne sont pas dans le besoin, comme les bourgeois. Pour la mère d'Hortense, une femme esseulée, la morale, c'était un luxe qu'elle ne pouvait se permettre. Elle n'était pas dupe, l'argent venait bien de quelque part, mais elle ne posait jamais de questions. Dès lors et sans encourager sa fille, elle fermait les yeux sur ce commerce particulier. Le talent de la petite s'était répandu comme une traînée de poudre dans la communauté des hommes au travail. Mais un tel secret ne se gardait pas longtemps. Il avait suffi qu'une épouse exigeante trouvât son mari moins ardent à l'ouvrage pour flairer dans sa passivité une concurrence déloyale. Dès le lendemain, la commère étala son infortune au lavoir communal et l'adage selon lequel on ne trouve que ce que l'on cherche se vérifia. Quelques jours plus tard, une lettre anonyme parvint au commissariat, qui dénonçait les turpitudes d'Hortense Magloire.

– Voilà, inspecteur ! C'est tout ce qu'on a trouvé dans l'armoire… sous une pile de draps… et ceux qui manquent, c'est ceux qu'on lui a donnés.

Pendant que l'aîné m'expliquait la rétribution de la jeune Hortense, j'observais par le détail les bijoux exposés sur le bureau. Mon attention fut attirée par un collier, composé de boules en lapis-lazuli intercalées par des viroles en or jaune. Au centre de la parure avait été fixé un petit pendentif avec pour motif une colombe aux ailes déployées. Je restai là, silencieux, admirant le travail de l'orfèvre, sans prêter attention à la présence des enfants Zudek et de leur père, puis, quand l'image du collier fut imprimée dans ma mémoire, je levai la tête pour questionner l'aîné :

– Et la vaisselle ?

Il se tourna alors vers son cousin et, d'un regard sombre accompagné d'un hochement de menton, lui intima l'ordre de me répondre. Ce dernier s'exécuta et décrivit la scène des assiettes lancées contre les murs de la première cave située au bas de l'escalier. Dans la seconde cave reposaient les corps des deux victimes, enfouis dans le sable sous un tas de bois.

– C'est Miraut, notre chien, qui a reniflé quelque chose ! Alors on a dégagé le bois et quand il s'est mis à gratter, on a découvert les chaussures et le bas de la robe, et nous, on a eu peur et on s'est sauvés… et c'est tout, inspecteur, je vous le jure !

Quand ils quittèrent mon bureau, je refermai le dossier avec le sentiment d'avoir perdu mon temps. Le commissaire avait raison : l'audition des enfants Zudek ne nous avait rien appris que nous ne savions déjà. Je pris cependant soin de ranger les bijoux dans un coffre pour les confier dans l'après-midi même à l'expertise du bijoutier de la grande rue, M. Joseph.

Pourquoi l'image du collier et celle de sa décoration si particulière sont-elles restées gravées dans ma mémoire avec acuité ? Je ne pourrai jamais répondre à cette interrogation. Mais c'est bien le petit pendentif avec pour motif une colombe aux ailes déployées qui me permit de confondre Edmond Masse, l'assassin de la rue du Vert-Bout, et de l'envoyer à l'échafaud.

8

Le commissaire Marchand avait passé une mauvaise nuit, l'estomac lourd, une envie de nausée, et pourtant, comment incriminer Adélaïde ? Elle avait encore une fois accompli des prouesses. Ce n'était pas davantage un excès de boisson, la consommation avait été raisonnable : trois bouteilles de chambertin ouvertes, la dernière à peine entamée. La soirée avait été agréable : ils avaient beaucoup parlé de politique, de la reconstruction des bâtiments publics endommagés en 1917, sans oublier la célébration du 11 Novembre qui aurait lieu pour la première fois cette année. Après ces préliminaires, Herménégilde Marchand avait exposé le sujet qui lui tenait à cœur, celui qui concernait la communauté polonaise. Au menu s'étaient invités par la suite quelques auteurs dont on avait discuté les œuvres : Romain Rolland, Jean Paulhan et Marcel Proust, le tout dans une ambiance amicale empreinte de chaleur et, comme la nuit s'annonçait douce, Adélaïde avait proposé que le dessert se prît sur la terrasse devant le jardin en fleurs.

Ce n'est qu'à la toute fin du repas, au moment de se séparer, que Blaise Godard, l'inspecteur de l'Instruction publique, évoqua une affaire qu'il présenta comme délicate pour retenir l'attention des convives. Elle concernait un certain Louis Cressent, instituteur dans un petit village du canton d'Archeux.

– En juillet 1914, j'ai reçu une lettre anonyme, émaillée de quelques inepties orthographiques, une lettre qui dénonçait les agissements d'un de mes maîtres d'école. J'étais fort surpris car je l'estimais particulièrement. Lors de mes inspections, il m'avait fait une excellente impression, ses élèves obtenaient des résultats remarquables, notamment en analyse grammaticale : les différentes subordonnées, la fonction des pronoms relatifs, tout était compris. Pas une seule erreur dans le petit contrôle que je me permis d'effectuer. Les résultats au certificat d'études qu'il obtint la même année, de loin les meilleurs du canton, confirmaient mon jugement. Un garçon érudit bien que né d'un père boulanger et d'une mère qui faisait des ménages chez les bourgeois. On l'accusait dans la lettre d'avoir eu des gestes impudiques envers une de ses élèves. Une accusation grave et vous comprenez qu'avant de prendre toute sanction, je préférais l'entendre et me faire ma propre opinion. Cet incident s'est déroulé quelques jours avant que la guerre n'éclate. Nos maîtres furent appelés au combat dans la précipitation et Louis Cressent fit partie de la première charrette. Pendant ce temps, au service de l'Instruction publique, nous fûmes sollicités le jour et une bonne partie de la nuit afin de pourvoir au remplacement de tous ces instituteurs. Je dois avouer que bien qu'ayant fait tout notre possible, la tâche s'était avérée immense. Il fallait faire du porte-à-porte chez toutes celles qui avaient leur brevet élémentaire et jouer de la corde patriotique pour qu'elles acceptent nos propositions. Toutes ces démarches ont pris pas mal de temps et nous avons dû retarder la rentrée scolaire d'un bon mois. Durant toutes ces années de guerre, j'ai été sans nouvelles de ce jeune maître. Je le croyais à jamais disparu, et puis en 1919, il a refait son apparition après avoir été libéré du camp où il avait été retenu prisonnier presque trois ans. Le malheureux s'était fait prendre à Douaumont, en décembre 1916. Lorsqu'il est revenu au village, la surprise passée, la vie a repris son cours, comme si de rien n'était. Je le revois en juin de cette année, lors d'une de mes conférences pédagogiques, et j'apprends lors d'un aparté qu'il va se marier avec une certaine Amélie. Amélie ! le prénom me disait quelque chose, mais je n'étais pas tout à fait sûr. Revenu à mon bureau de circonscription, je fais rechercher dans mes archives son dossier d'avant-guerre et là je retrouve la fameuse lettre qui l'accusait. C'était bien ce prénom qu'évoquait le dénonciateur et j'avais tout lieu de penser qu'il s'agissait bien de l'ancienne élève de Louis Cressent. J'étais plutôt soulagé que cette histoire vieille de quatre ans se termine ainsi. On avait eu tellement d'instituteurs morts au champ d'honneur ; dix-huit mille, paraît-il au dernier recensement. L'idée que ces deux-là s'aiment et nous fassent de bons petits citoyens n'était pas pour me déplaire. J'ai pris la lettre pour en faire des confettis, le tout est parti alimenter le feu de ma cheminée. Je croyais bien cette histoire à jamais terminée, mais voilà qu'au début de juillet je reçois la visite d'un jeune homme en costume qui plastronne de peur que je ne puisse apercevoir ses deux médailles. Il s'avance vers moi et c'est à cet instant que je remarque une légère claudication. Je lui propose de s'asseoir mais il refuse et, d'emblée, me parle des deux tourtereaux puis de la lettre qu'il m'avait écrite et à laquelle il n'avait jamais reçu de réponse, le tout dit sur un ton ferme. Je lui fis remarquer courtoisement que la lettre était anonyme, ce qui le fit se raidir davantage. « Peu importe, me répondit-il, je m'étonne qu'on n'ait rien fait ! C'est inadmissible ! Comment de tels agissements peuvent-ils rester impunis ? Le garçon parlait avec une volubilité extrême et semblait dans une grande agitation. Lui, me dit-il, n'avait « pas hésité à risquer sa vie », témoin cette jambe qui le faisait « horriblement souffrir », tandis que l'autre, « le lâche, s'était fait attraper au collet pour finir au chaud dans un clapier en attendant la fin de la guerre ». La jalousie transpirait par tous les pores de sa peau. Je l'ai écouté sans l'interrompre, surpris de sa violence. Après que le fiel de l'amertume a été abondamment versé, il m'a salué, puis il est reparti en claudiquant. Voilà résumée cette histoire qui, je l'avoue, m'embarrasse ! Je voudrais protéger mon maître d'école. Louis Cressent est un garçon de valeur, il partage nombre de nos idées et je n'hésiterai pas une prochaine fois à vous le présenter. Il a beaucoup mûri pendant toutes ces années de guerre.

Herménégilde Marchand avait écouté d'une oreille distraite cette histoire qu'il jugeait de peu d'intérêt. Mais il avait su patienter sans interrompre Blaise Godard eu égard à l'amitié qu'il lui portait. C'est au moment où chacun prenait congé qu'il éprouva quelques spasmes intestinaux annonçant une nuit agitée.

*
* *

Onze heures : personne. Midi : toujours personne. Il n'avait pas encore montré le bout de son nez. Ce n'est qu'à une heure bien avancée de l'après-midi que Bonne Mamie vint au 35 de la rue d'En-Haut nous avertir : le commissaire ne viendrait pas, il avait passé une mauvaise nuit et préférait garder la chambre.

– Je vais lui préparer une bonne soupe avec de bons légumes pour le remettre sur pied, il a dû prendre froid hier soir… Mais rien de bien grave, ajouta-t-elle pour nous rassurer.

« Décidément, c'est une épidémie », pensai-je tandis qu'Adélaïde s'éloignait. Depuis les premières heures de la matinée, mon inquiétude était vive, et si mes obligations professionnelles n'avaient pas été aussi prégnantes, je serais resté au chevet de notre benjamine. Cécile était souffrante, cela lui arrivait souvent. Elle avait vomi le contenu de son bol de chocolat et maculé sa robe. Cécile, c'était notre dernière et, depuis son premier cri, Madeleine et moi éprouvions à son endroit une crainte sourde. À chaque messe dominicale, lorsque j'adressais mes prières à Marie, la Très Sainte Vierge, je l'exhortais à garder notre enfant près de nous. Je restais ainsi, agenouillé sur le prie-dieu, dans une confusion de pensées et d'émotions retenues. Ma prière achevée, je me penchais une dernière fois, vers le centre de l'accoudoir, pour embrasser la plaque de cuivre sur laquelle notre nom de famille ainsi que nos prénoms avaient été gravés.

*
* *

Le commissaire absent, j'étais contraint, en ma qualité de second, de tenir la permanence jusqu'au soir. Vers 3 heures de l'après-midi, je reçus un billet que me tendit Jules

Mistral et sur lequel Madeleine avait griffonné quelques mots choisis dans le dessein de me rassurer : Cécile allait beaucoup mieux et jouait avec Mistigri, notre chat.

Mistral restait planté devant moi, ne sachant que faire de ses mains, et comme je m'étonnais de son embarras, il me demanda l'autorisation de quitter son poste au motif qu'il ne se sentait pas très bien. Je ne cherchai pas à le retenir. Les yeux soudainement rougis, il me remercia. Sa détresse m'avait une nouvelle fois troublé et quand il fut parti, je me promis de lui parler dès le lendemain pour essayer de comprendre ce qui le perturbait. L'horloge à poids ne semblait guère pressée d'indiquer l'heure à laquelle je pourrai fermer les portes du 35 de la rue d'En-Haut. Alors, pour tuer le temps, j'entrepris la lecture des trois lettres que le policier m'avait remises avant l'interrogatoire des enfants Zudek.

9

Amiens, le 1er novembre 1916

Mon bien cher Claude,

Je ne trouve pas d'expressions pour te dire combien ta présence fin juillet m'a fait du bien. Tu as su trouver les mots pour me réconforter ; ces mots qui me laissent espérer des hommes. Il m'arrive souvent de douter de l'humanité depuis que cette vilaine balle m'a cloué sur une chaise. Cette balle, je l'ai gardée dans un carafon comme une relique. Je la détaille parfois en songeant à ce soldat qui m'a blessé. Qui était-il ? Quel âge avait-il ? Est-il encore de notre monde ?

La folie est au cœur des hommes, et s'il est juste de considérer que notre devoir est de défendre la patrie, je ne peux m'empêcher de penser que les voix de la raison n'ont guère eu d'échos en Allemagne. Comment ce pays civilisé s'est-il fourvoyé dans cette guerre, quelles explications pourront-ils avancer quand leurs propres enfants leur demanderont pourquoi ils sont venus sur notre sol tuer nos femmes, nos enfants et détruire nos églises ?

J'ai lu avec beaucoup d'intérêt le dernier livre de Romain Rolland que tu m'as offert cet été. Je me demande où tu l'as déniché. Bien que je sois en désaccord avec son attitude (fuir en Suisse pendant que les shrapnells tombent sur nos villages n'est pas faire montre d'un très grand courage), je ne peux, cependant, que souscrire à bon nombre de ses idées.

J'ai envoyé un de mes voisins à la librairie Poiron pour qu'il m'achète d'autres livres du même auteur. Il n'y en avait pas un seul ! Et comme mon voisin s'en étonnait, il lui a été répondu par le libraire que sa « maison était une maison sérieuse et de bonne réputation et qu'au moment où nos braves soldats perdaient la vie pour défendre la patrie, il n'était pas question de faire l'apologie du pacifisme, en faisant la part belle à un déserteur ».

Comme beaucoup de nos concitoyens, M. Poiron assimile les pacifistes aux défaitistes, donc aux complices des Boches. Alors, quand mon ami lui a avoué que le commanditaire du livre n'était autre qu'un paraplégique ayant fait son devoir de soldat, le libraire s'est trouvé à court de mots.

Je ne lui en veux pas. Même aux imbéciles, je commence à pardonner. Aujourd'hui, je trouve mon salut dans la prière. Cela peut te paraître curieux car tu m'as connu avant guerre insouciant, peu enclin à me passionner pour la religion. La foi en berne, j'ai avancé dans la vie jusqu'à ces derniers jours sans m'interroger sur l'essence même de notre passage sur terre.

Te souviens-tu de cette balade en juillet 1914 sur le chemin de halage entre Amiens et Saint-Valery ? Nous

nous étions arrêtés devant le château de Long au bord de la Somme. Allongés sur l'herbe devant cette magnifique demeure, nous nous étions demandé par quelle fortune nous pourrions devenir propriétaires de ces lieux. Souviens-toi, nous avions éclusé quelques bouteilles que Clovis avait ramenées de sa cave : des vins de montagne. Après le repas, nous nous étions donné quelques instants de repos avant d'enfourcher à nouveau nos bicyclettes. C'est dans ce petit moment de bonheur fragile que Mathurin avait refroidi l'ambiance en nous parlant des tranchées que les Boches apprenaient à creuser et à aménager sous terre, si profondément que les obus ne pourraient jamais les atteindre. « Ce sera une guerre d'un genre nouveau », disait-il. Tout ça nous apparaissait être de l'anticipation. Pour moi, la guerre, à cette époque, se menait l'arme à la main et le courage au ventre par une infanterie décidée, sûre de son bon droit. Il est vrai que ma réflexion n'allait pas loin. Mais Mathurin insistait, il avait bien compris devant nos mines incrédules que nous doutions de la réalité de ces préparatifs. « Croyez-moi, ce que je vous dis, je l'ai lu dans une revue allemande. »

Pauvre Mathurin, c'est le premier de nous quatre qui est parti. Tu te souviens, au lycée, de ses colères quand on l'appelait « l'Alsacien » parce que ses grands-parents avaient fui la région bien avant l'autre guerre, celle de 1870, pour émigrer chez nous ? Il parlait avec une facilité déconcertante la langue de Goethe. Ça ne lui plaisait pas qu'on l'appelle « l'Alsacien » parce qu'Alsacien voulait dire un peu « boche » dans nos têtes.

Espérons que son sacrifice, comme celui de tant d'autres de nos camarades, ne sera pas vain. J'ai toujours l'espoir qu'un jour, nous les bouterons hors de France et que nous reprendrons la Lorraine et l'Alsace en souvenir de Mathurin.

Et toi, mon cher Claude, que deviens-tu depuis notre rencontre de juillet dernier ? Je t'imagine près de tes blessés, courant de l'un à l'autre avec toujours une petite attention pour chacun.

Donne-moi vite de tes nouvelles !

Ton ami

A.

P-S : Je me suis installé, pour t'écrire, devant la fenêtre qui donne sur le jardin. Les feuilles du cerisier sont bien jaunes ce matin. Elles me font penser à mes frères de combat s'apprêtant à l'assaut. Dans quelques jours, elles tomberont, comme tombent nos camarades. Mais au printemps, la vie renaîtra de l'humus, l'arbre est solide : il nous donnera d'autres feuilles, d'autres fruits.

Notre France, aussi, connaîtra le printemps. Elle a pour elle l'éternité.

Amiens, le 25 mars 1917

Mon bien cher Claude,

Je viens de recevoir de tes nouvelles, enfin ! Je me désespérais de ne pas en avoir.

Tu es vivant et c'est bien là l'essentiel. Je suis heureux que tu aies trouvé le bonheur auprès de Marie. J'espère que tu pourras nous la présenter lors de ta prochaine permission. J'espère aussi que tu seras plus disert. Qui est-elle ? Que fait-elle ? Est-ce ta pudeur légendaire qui te contraint au silence ? Vous êtes heureux, me confies-tu, et je voudrais partager votre bonheur.

L'amour est un sentiment curieux. Comment a-t-il pu naître entre les lits de tes blessés dans les conditions que tu me décris dans ton dernier courrier ? Si tu étais croyant, je te dirais que c'est un miracle et que la vie le réserve à ceux qui ont la foi. Mais je connais tes idées et je les sais très éloignées de la religion. La seule foi qui t'anime, c'est la foi en l'homme quand le mot s'écrit avec un grand « H ».

Quant à moi, il me faut espérer en des lendemains de paix et d'amour malgré les souffrances et les privations. Je m'y emploie avec le secours de la religion. Il m'arrive souvent de relire Péguy et je commence à douter de tous ceux qui nous ont poussés à partir, la fleur au fusil, sans être animés du moindre doute, sans s'être interrogés une seule fois sur les bien-fondés de la guerre. N'y avait-il pas d'autres recours ?

Peut-être apprendra-t-on, un jour, que les Boches, aussi, se posaient les mêmes questions. Ce que je reproche à Péguy c'est cette mystique et cet absolu qui l'ont guidé. L'approche que j'ai aujourd'hui de la religion m'oblige à dire qu'elle ne peut tout embrasser et qu'il est bien qu'elle ne se mêle pas de politique. Je crois en effet à cette dichotomie de nos vies : le temporel et le spirituel ne peuvent se confondre. Je suis habité d'une certitude : la liberté de conscience doit permettre à chaque individu de s'épanouir, les révolutionnaires de 1789 n'avaient pas dit autre chose.

Vois-tu, je mesure combien la paix, la vraie, celle que chacun de nous espère, ne se fera et ne vivra que dans le dialogue et la fraternité avec les nations, même celle que nous combattons aujourd'hui. Il faudra bien qu'un jour cesse le vacarme des canons et que nous tendions la main à nos ennemis. Est-ce une chimère née dans l'esprit enfiévré de l'infirme que je suis devenu ? À la fin des fins et pour nos deux pays, que gagnerons-nous si nous ne parvenons pas à faire une Europe de paix et de prospérité ? Je pense que notre raison a été voilée par tant de fausses certitudes.

Le rôle de tout écrivain, si rôle il y a, est de nous permettre de regarder la vie autrement, d'aller au-delà du visible et de pourfendre les jugements ordinaires. Péguy n'est plus. Au moins aura-t-il eu le courage (ou la folie, comme tu voudras) de sa foi. Que Dieu lui pardonne ses errements ! Tu as dû te réjouir en apprenant l'attribution du prix Nobel de littérature à Romain Rolland.

Je ne sais, mon ami, quand nous nous reverrons. Mais sache que mes parents et moi aurons à cœur de te recevoir autour d'une bonne table avec Marie, ton amie.

J'ai revu Clovis lors de sa dernière permission. Il combat dans l'Aisne sur le chemin des Dames. Il m'a beaucoup appris sur le sort réservé à nos camarades. Beaucoup ont peur maintenant et certains se révoltent. Ils veulent bien combattre mais ne veulent pas être tirés comme des lapins. Il m'a rapporté une rumeur incroyable qui mériterait d'être vérifiée. Des tribunaux se mettraient en place pour juger et exécuter sur-le-champ les meneurs des révoltes. Je suis atterré par la tournure que prend cette guerre. Quand va-t-elle se terminer ?

Ici, à Amiens, la ville est calme. Elle prend de plus en plus figure de ville anglaise, les panneaux indicateurs sont écrits en anglais et les Amiénois s'initient à la langue de Shakespeare.

Notre département aura eu le triste privilège de compter le plus grand nombre de soldats morts qu'une guerre aura fait dans ce bas monde. As-tu su que l'an dernier, le 1er juillet exactement, les Britanniques ont perdu vingt-cinq mille de leurs fils en une journée, à Thiepval ? Cela dépasse l'entendement. Vingt-cinq mille morts pour n'avoir pas compris la stratégie de l'adversaire. C'est incroyable ! Comment peux-tu m'expliquer que l'état-major anglais ait été aussi incompétent ? Comment pouvaient-ils ignorer ce que Mathurin savait ?

Je reste sans voix !

Mon ami, il me reste à te souhaiter tout le bonheur du monde. Prends bien soin de toi et de ton amie.

A.

Neufchâtel-en-Bray, le 12 avril 1918

Mon très cher Claude,

La terrible nouvelle m'est parvenue, il y a quelques semaines, et je n'ai pas osé t'écrire. C'est un de nos anciens camarades de classe qui m'a appris la disparition de ta bien aimée. Quels mots pourraient t'apporter un peu de réconfort ? Mes parents se joignent à moi pour te présenter nos plus sincères condoléances.

Je t'écris de Neufchâtel-en-Bray. Depuis qu'Amiens a été bombardée et vidée de ses habitants par les autorités militaires, nous avons trouvé refuge chez la cousine germaine de mon père qu'il n'avait pas revue depuis dix ans. Son mari est boulanger et, ici, nous ne manquons de rien. Ils sont adorables et même si, parfois, nous nous sentons à l'étroit, ils ne nous le font pas remarquer.

Avant-hier, nous avons appris par des voisins qu'à Amiens, des pillards avaient été tués rue Octave-Tierce, à côté du quartier Saint-Maurice. Ils étaient toute une bande à écumer les maisons d'Henriville. Quelle tristesse ! Comment peut-on être vil à ce point ? C'est à désespérer de l'humanité.

Sais-tu que Clovis a été démobilisé ? Il est reparti avec ses parents dans cette Bretagne dont il nous parlait si souvent au lycée et je n'ai plus de nouvelles de lui depuis plusieurs mois.

Quant à moi, je suis aujourd'hui dans un fauteuil roulant et c'est plus commode pour me déplacer d'une pièce à l'autre. Je goûte à nouveau au plaisir de la balade, même si mon état suscite toujours de la curiosité ou de la compassion. Je n'en veux à personne, je serais le premier à réagir de la sorte si j'étais sur mes deux jambes et que je croisais un invalide.

Au début de l'année, bien avant les bombardements, je suis allé dans un service de l'hôpital qui met au point toutes sortes d'appareils orthopédiques. Si tu avais vu toutes ces « gueules cassées », ces unijambistes, ces manchots ; curieusement je me suis félicité de posséder l'intégrité de mon corps. Comment nos pensées peuvent-elles être aussi mesquines ?

Le visage de la guerre, le vrai, était dans cet endroit. Mais je te parle de ça comme si tu ne le savais pas, alors que c'est ton lot quotidien. Devant tous ces appareillages ingénieux, je me disais que le progrès n'avait pas de limites : le progrès pour tuer comme celui pour réparer.

Mon cher Claude, j'espère que ma lettre aura su te distraire quelques instants. J'imagine cependant le désarroi dans lequel la disparition de ta promise a dû te plonger. Ma mère te demande si elle avait de la famille dans la région.

Nous pensons beaucoup à toi.

Puisse Dieu nous venir en aide !

Amitiés.

A.

10

Il devait être tard lorsque je quittai le commissariat pour regagner mon domicile. Le jour ne semblait pas décidé à céder la place à l'obscurité. Il régnait sur la ville une chaleur douce et bienfaisante qui imprégnait l'atmosphère de cette fin de journée d'été. Quelques bourgeois s'étaient offert une dernière balade dans les rues avant d'aller se coucher. Il était rare de voir autant de monde dehors à une heure aussi tardive de la journée. Tout en marchant, j'essayais de mieux cerner la personnalité de ce Claude dont les lettres témoignaient de tant de qualités. Était-ce vraiment celui dont on avait retrouvé les restes dans cet endroit sordide ? La probabilité pour qu'il le soit était forte, mais je ne pouvais écarter aucune hypothèse : bien des éléments nous manquaient et je sentais confusément que cette enquête nous menait dans une impasse. La disparition des victimes était trop ancienne. Le temps, cet ennemi invisible et sournois pour nos recherches, était passé par là et s'était complu à effacer toute trace dans la mémoire des gens.

Tard le soir, n'ayant pu trouver le sommeil, je restai dans la salle à manger et, sous la faible lumière que renvoyait une lampe à pétrole, je relus attentivement chacune des trois lettres pour en chasser toutes les considérations philosophiques car elles m'apparaissaient sans intérêt pour l'enquête. Sur une feuille de papier, je couchai tout ce qui pouvait être utile ou exploitable : les prénoms, les lieux fréquentés, les dates des correspondances et celles des entrevues, les activités de ce Claude auquel les lettres étaient adressées.

Ce travail accompli, je regagnai le lit conjugal. Madeleine dormait d'un sommeil qui semblait profond. Je me glissai tout doucement dans les draps. La clarté de la nuit me permettait de deviner les traits de son visage. Malgré les années, il gardait toujours la même sérénité. Je l'embrassai avec une infinie tristesse, comme une douce caresse, en prenant soin de ne pas la réveiller.

Nous n'aurions que trois enfants !

Pour notre famille élevée dans la tradition chrétienne, c'était comme une œuvre inachevée. Le Dr Saindec avait été formel : Madeleine ne pourrait plus enfanter. Cette triste nouvelle avait été une épreuve pour notre couple, épreuve à laquelle nous n'étions pas préparés. Je compris qu'elle se sentait coupable car je lui avais ouvertement exprimé le souhait d'avoir un fils. Tous les soirs, elle se donnait corps et âme pour exaucer ce vœu. Et comme rien dans son état ne témoignait d'un quelconque changement, elle avait consulté le Dr Saindec.

Madeleine se reprochait de n'avoir pu me donner ce bonheur et je ne trouvais pas les mots pour chasser le sentiment de culpabilité qu'elle éprouvait. « Dieu nous condamne parce que nous avons péché », murmurait-elle, les sanglots dans la voix. Depuis ce jour, nos ébats physiques avaient perdu leur sens. L'œuvre de chair était devenue inutile, presque grotesque. L'amour est un sentiment fragile. Il ne peut se vivre pleinement qu'à la condition de marier le désir physique et l'impérieuse nécessité de donner la vie.

J'aurais pu m'épanouir dans l'exercice de ma profession. Je la trouvais indispensable à notre société ; mais sur mon chemin il y avait Herménégilde Marchand. Dire qu'il ne m'avait rien appris pendant ces longues années de notre collaboration serait injuste. À mes yeux, cependant, il manquait à la fois de rigueur et de méthode. Aussi ne pouvait-il rivaliser avec celui qui marqua toute une génération de policiers : Edmond Cordier.

*
* *

Pendant mon année de formation (le nouveau siècle soufflait sa première bougie), j'avais eu le bonheur d'assister à l'une de ses conférences. Je me souviens de l'effet qu'il produisit sur notre assemblée, dès son arrivée. Sa réputation l'avait précédé et nous l'attendions avec beaucoup de curiosité et d'intérêt. Expert en criminologie auprès des tribunaux, il était devenu un des plus grands policiers de notre pays. Ses travaux avaient posé les fondements d'une police d'investigation basée sur les progrès des études en psychologie et sur les avancées de la recherche scientifique.

Edmond Cordier était un homme d'une taille supérieure à la moyenne de ses contemporains. Dès son arrivée dans l'amphithéâtre, il se plaça au centre de l'estrade et embrassa l'assistance d'un regard circulaire, comme s'il voulait nous compter, puis il nous salua de sa voix puissante et chaleureuse :

– Messieurs, vous avez choisi d'être inspecteur de police et vous avez compris, depuis que votre formation a débuté, combien ce métier est passionnant et indispensable à l'ordre public. Soyons directs, notre vocation principale est d'écarter de la société tous ceux dont l'attitude déviante contrevient au caractère sacré de la vie. Oui, mais voilà ! Il n'est écrit sur nul visage la profession de criminel. D'où vient cette pulsion qui pousse certains éléments de notre corps social à s'affranchir du cinquième des dix commandements de Dieu : « Homicide point ne feras, de fait ni volontairement » ? Alors que chacun d'entre nous a, au moins une fois dans sa vie, rêvé lorsqu'il était élève de se débarrasser d'un professeur acariâtre, ou un peu plus tard, devenu adulte, d'un voisin désagréable, peu d'entre nous, fort heureusement, sont passés à l'acte. Comment expliquer le mécanisme qui permet à certains individus de franchir le Rubicon ? C'est une question qui a déjà fait l'objet d'écrits de toutes sortes mais dont les réponses apportées jusqu'à aujourd'hui ne nous éclairent qu'imparfaitement. Il nous faudra chercher longtemps et nous ne sommes qu'aux balbutiements des sciences humaines. Vous le savez, mon parcours professionnel m'a amené à visiter nombre de commissariats, de gendarmeries, sur tout le territoire national. J'ai eu à connaître le rebut, la lie de notre société, et ma conclusion est la suivante : il n'y a pas une race de criminels, les études anthropométriques sur la taille de leur crâne ne nous ont en rien servi. Nos collègues allemands sont obnubilés par ces questions : ils n'hésitent pas à étalonner les crânes des assassins avec ceux des aborigènes d'Australie qu'ils font venir par milliers dans leurs instituts scientifiques, et ce dans le but de prouver que leur conformation pourrait montrer une prédisposition au crime. Cette science, je la réfute ! Elle n'est qu'un habillage idéologique aux idées les plus stupides qu'il m'ait été donné de lire depuis que je possède cette faculté. Restons sérieux ! J'ai vu des assassins de petite taille, des plus grands, des jeunes, des plus âgés, j'ai rencontré des gens intelligents, d'autres idiots, des gens de bonne société, des va-nu-pieds. Tous ces gens n'avaient rien en commun. Messieurs, ne prenez pas toutes les « sales gueules » que vous croisez sur votre chemin pour des coupables en puissance, sinon, vous pourriez louper le garçon de 20 ans, un peu frêle, bien sage, à qui on donnerait le bon Dieu sans confession et qui se découvrira être le pire des criminels que vous rencontrerez dans votre carrière. Pour conclure, je dirai qu'il n'y a pas de déterminisme, selon le mot à la mode.

Il marqua un temps d'arrêt pour s'assurer que ses propos captaient toujours notre attention puis il reprit le fil de son exposé :

– Messieurs, vous avez appris au cours de votre formation l'essentiel : l'examen des lieux, très important, je dirais même plus : « fondamental ». La scène du crime nous informe sur l'assassin ; elle dit son caractère par sa façon d'agir. Vous avez appris à observer la victime, sa position avant le décès, la température du cadavre, les traces suspectes, les empreintes digitales. Vous avez enregistré les premières déclarations des témoins, puis des proches de la victime. Et à partir de ces constats, vous avez échafaudé des scénarios. Comment l'assassin a-t-il agi ? Quels étaient ses mobiles ? Avec quelle arme a-t-il commis son acte ? Vous avez perquisitionné un peu partout, questionné beaucoup de monde, et un beau jour le coupable vous est tombé entre les mains, vous le cuisinez et l'aveu recueilli, vous le livrez, pieds et poings liés, aux autorités judiciaires. Votre rôle s'arrête là. Voilà une affaire rondement menée, elle vous a coûté quelques semaines de votre précieux temps, mais l'important, c'est que vous ayez écarté de la société un individu peu recommandable. Et puis, patatras, celui que la justice a raccourci s'avère innocent ; le vrai coupable, pris de remords, se dénonce quelques années plus tard. Malgré votre indiscutable bonne foi, vous avez commis une erreur. Il vous faut donc analyser les événements et surtout comprendre comment cette vérité qui n'en était pas une s'est imposée à vous. Votre erreur repose pour l'essentiel sur la perception de la réalité et l'addition des certitudes établies tout au long de l'enquête. Cette construction intellectuelle peut présenter les mêmes défauts que celle des châteaux de cartes. Souvenez-vous aussi de l'adage qui veut que la force d'une chaîne soit toujours liée à celle du maillon le plus faible. C'est ce maillon pas bien attaché qui peut vous coûter cher… qui peut même briser votre carrière… L'obstacle intellectuel que vous avez rencontré dans votre démarche d'investigation en ne percevant pas ce maillon faible, nous l'appellerons le syncrétisme. En effet, nous percevons la réalité dans sa globalité, sans toujours comprendre et analyser l'interaction des éléments qui la constituent. Il nous faut donc, lors de nos enquêtes, réunir l'ensemble des informations en cherchant l'exhaustivité et en n'en rejetant aucune même si, *a priori*, telle information pourrait nous laisser penser qu'elle n'a pas d'importance. Une fois ce travail réalisé, une autre paire de manches se dessine : mettre de l'ordre dans ce fatras d'informations en définissant des classes, et dans chaque classe sérier les éléments les uns par rapport aux autres. Je vous disais combien mes visites m'ont instruit sur la vraie nature des criminels. Je me suis livré à ce travail intellectuel dont j'essaie de vous faire comprendre ce en quoi il peut structurer votre démarche d'investigation. Messieurs, le monde est ainsi fait qu'il permet aux hommes de se réaliser avec différents appétits : le pouvoir, le sexe, l'argent. Voilà trois intéressantes, certes, mais cependant elles présentent un défaut, celui d'être trop général. J'ai essayé de catégoriser les crimes en m'appuyant sur la typologie des armes employées, mais là encore les résultats restent imparfaits, même si cela m'a aidé à résoudre quelques enquêtes. Il y a aussi les classes d'âge qui m'ont apporté quelques satisfactions. J'avance actuellement sur une autre piste que j'appellerai les « quatre saisons du crime ». Si vous me suivez toujours, vous comprenez que je ne raisonne en aucune manière sur les individus mais sur des catégories de crime. Il me semble en effet qu'on peut avancer dans bon nombre d'enquêtes en partant de cette réflexion. Mars, avril correspondent à la sortie de l'hiver et beaucoup de morts violentes ne sont souvent que des suicides, les gens ne voulant plus revivre la morne saison. Vous ne pouvez imaginer le nombre de pendus le 1er avril, comme une mauvaise farce faite à leur entourage. En mai, il y a ceux qui ont mis à profit la saison des gelées pour fomenter le moyen par lequel ils allaient s'enrichir crapuleusement et échapper à leur condition dont ils ont ressenti l'amère réalité pendant les longs mois d'hiver. L'été reviennent les crimes passionnels : la femme bafouée qui empoisonne le mari volage, la fillette culbutée derrière le talus par celui que ses glandes rendent fou, l'amant imprudent ou téméraire qui se fait occire par le cocu : autant de victimes dont on pourrait accuser la chaleur de complicité d'assassinat. L'automne, on rentre à la maison et on s'entretue en famille pour de sordides questions d'héritage ou de bêtes mal soignées, les gens cohabitent dans une promiscuité qui a pour effet d'attiser les tensions. L'hiver, c'est la morne saison, on fait relâche, le froid nous débarrasse des « traîne-savates ». Et quand meurtre il y a, pas besoin d'aller chercher trop loin, l'assassin est dans les parages. Voilà, messieurs, ce que je souhaitais vous dire. Mettez à profit mes propos, ils sont le fruit de l'expérience et de la sagesse acquises tout au long de ces quarante et quelques années d'exercice professionnel. La criminologie est une science en devenir, elle n'en est qu'à ses balbutiements. Mais elle va progresser, comme toutes les autres sciences. Ce siècle débutant verra naître des inventions fabuleuses dans le domaine des sciences et des techniques, et puisque mes pas me conduisent aujourd'hui dans ceux de votre concitoyen, le grand Jules Verne, qu'il me soit permis ici à Amiens de le saluer et de lui souhaiter longue vie. Messieurs, bon courage !

Sous une salve d'applaudissements, il se retourna et quitta la salle avec l'esquisse d'un sourire en remerciement de l'attention soutenue que nous lui avions portée.

*

* *

Je vivais mon métier dans le souvenir de cet homme qui nous avait éclairés le temps d'une conférence et je ne pouvais imaginer que, quelque vingt ans plus tard, je fonderais ma conviction concernant le double assassinat de la rue du Vert-Bout sur l'originalité de ses propos et plus précisément sur ceux qui avaient trait aux « quatre saisons du crime ». Tout au long de ces mois de formation, nous avions été mis en garde contre ceux qui donnaient tout crédit à l'expertise scientifique, mais aussi contre ceux qui faisaient de l'aveu l'alpha et l'oméga de notre métier.

J'aurais aimé en discuter avec Herménégilde Marchand, lui faire partager ma façon d'enquêter, mais ses méthodes tudesques me contrariaient fortement. Je n'avais pas aimé qu'il prît sous sa coupe notre jeune collègue Mistral. En quoi pouvait-il l'aider dans l'approche nouvelle de notre profession ? Parfois, ils partaient le matin ensemble pour Amiens et revenaient le lendemain sans que nous ayons eu connaissance des résultats de leurs investigations. Ce fut le cas notamment pendant le mois de juillet, le prétexte étant lié à la mise en place dans notre bourgade d'une école de préservation.

Ces écoles au nombre de cinq sur le territoire national avaient vu le jour à l'initiative des ministères de la Justice et de l'Intérieur et accueillaient des jeunes filles « déviantes ». Derrière cet euphémisme se cachaient des destins sordides, souvent le reflet d'une misère sociale accrue : les vols, la prostitution ou les complicités d'assassinat justifiaient pour les pouvoirs publics l'existence de ces établissements.

Lorsque je croisais le jeune Mistral entre deux bureaux, je percevais dans son regard une vive inquiétude. Son comportement avait changé en quelques mois, il semblait désorienté et, bien que je me le fusse promis, je n'osais lui parler.

Quarante-huit heures s'étaient écoulées depuis la découverte des deux corps. Tandis que je m'apprêtais à quitter le domicile conjugal pour me rendre au 35 de la rue d'En-Haut, je tombai nez à nez avec Adélaïde qui m'informa avec une mine déconfite :

– M. Marchand n'est pas encore bien ce matin, il reste dans son fauteuil et se plaint encore du ventre. Pourvu qu'il ne nous fasse pas une sale maladie !... Ah, j'allais oublier... M. Marchand vous demande de passer chez lui demain matin sous le coup des 8 heures.

Depuis quinze ans que nous nous connaissions, c'était la toute première fois que le commissaire m'accordait le privilège de franchir le seuil de sa maison. Cela ne lui ressemblait pas et ne pouvait en aucun cas être mis sur le seul compte d'une indisposition passagère. Quelque chose avait changé depuis plusieurs semaines dans son comportement à mon égard. Il était moins cassant et de plus en plus souvent à l'écoute de mes propositions. Bien des fois, les années précédentes, il avait été souffrant sans me manifester un tel égard.

11

2 septembre 1920.

Son intérieur était tel que je me l'étais imaginé : cossu, sans ostentation, décoré avec un goût prononcé pour les arts de la Renaissance. La sculpture d'un jeune éphèbe à l'effigie du David de Michel-Ange trônait au fond du corridor en dessous d'un escalier. Le salon dans lequel Herménégilde Marchand m'accueillit était tapissé d'écussons verts aux motifs napoléoniens et offrait ses murs à l'encadrement de portraits d'un homme et d'une femme dont je devinais aisément l'identité sous les traits de l'artiste. Herménégilde Marchand me confirma qu'il s'agissait de ses propres parents. De larges et lourdes tentures habillaient de grandes baies vitrées qui offraient à la vue des visiteurs un jardin d'agrément. Sur les trois guéridons qui épousaient l'un des angles de la pièce s'entassaient des livres. L'un d'eux, placé au-dessus des autres, retint mon attention par la qualité de sa reliure. Le titre de l'ouvrage ainsi que le nom de son auteur, *Monsieur de Bougrelon* de Jean Lorrain, m'étaient cependant inconnus.

Le commissaire se leva pour me saluer, et comme je le priais de rester assis, il me rassura en souriant, cependant qu'il se saisissait du livre que j'avais remarqué pour le glisser sur une étagère de sa bibliothèque.

– Inspecteur, asseyez-vous. Alors dites-moi tout ! Que contiennent ces lettres ?... Mais avant... je peux vous offrir un café ? Et je suis sûr que vous ne bouderez pas une petite viennoiserie.

– Volontiers, commissaire. Pour aller à l'essentiel, je dirai tout d'abord qu'il nous faut admettre une chose qui n'est pas établie avec certitude mais qui paraît fort probable...

– Vous avez raison, il est toujours important de prendre quelques précautions de langage, mais… poursuivez…

– Le destinataire des lettres est certainement l'homme dont nous avons retrouvé les restes avant-hier. Supposons que Claude, puisque c'est son prénom, est bien l'homme dont nous cherchons l'identité complète. Que savons-nous de lui ?… Qu'il exerce une activité médicale sans que son titre exact soit précisé dans la correspondance. Docteur ? Simple infirmier ? Pour l'instant rien ne nous le dit formellement… Peut-être ambulancier ou brancardier, nous ne pouvons pas l'écarter. Ce Claude était en relation avec trois autres jeunes gens. Tous les quatre ont été sur les fronts de la Marne, de l'Aisne ou de la Somme et ont connu des destins différents. Ainsi apprend-on que le premier dont les grands-parents seraient d'origine alsacienne a été tué au début de la guerre. Le deuxième auquel les différentes lettres font allusion se prénomme Clovis. Lui s'est battu sur le chemin des Dames en 1917 et s'en est sorti…

– Un miraculé !… Pardon !… Continuez inspecteur…

– … Ce Clovis a été démobilisé peu avant la fin de la guerre et serait parti s'installer en Bretagne. Le troisième, c'est l'auteur des lettres, lui, a été gravement blessé et a perdu l'usage de ses jambes. Il vit à Amiens, vraisemblablement, avec ses parents. Le dernier, celui qui nous intéresse, le Claude en question, fréquente une jeune fille prénommée Marie qui participe dans son entourage aux soins apportés aux blessés. Les quatre garçons se connaissent depuis les bancs du lycée. Ils sont jeunes, cultivés ; ils appartiennent à la bourgeoisie amiénoise certainement ! Revenons à cette Marie… La dernière lettre, la plus récente si l'on se fie aux dates, n'est pas explicite, cependant il apparaît bien que cette fille est morte dans des circonstances qui ne sont pas précisées, fin 1917 ou début 1918. Or, dans cette occurrence, il ne peut s'agir du corps retrouvé dans la cave. Quid du lien de parenté entre les deux victimes ?

Le commissaire m'avait écouté sans m'interrompre et je lui en savais gré. J'aimais prendre mon temps pour exposer la synthèse de mes lectures et supportais mal être coupé dans mon élan. Cette règle, je me l'appliquais à moi-même malgré le peu d'intérêt que suscitaient parfois les propos de mes interlocuteurs. J'exigeais qu'en retour cette courtoisie me soit réservée. Il me regarda, muré dans un court silence tout en se pinçant le nez. Cette habitude insolite était chez lui un signe de concentration.

– Inspecteur, ne nous décourageons pas, l'enquête ne fait que débuter ; elle sera difficile, n'ayons aucune illusion.

Adélaïde profita d'un léger répit pour s'imposer et nous proposer sa collation. Pendant qu'il dégustait du bout des lèvres sa viennoiserie en s'essuyant de temps à autre la bouche avec sa serviette vichy, je le regardais avec distance bien que j'affectasse une cordialité convenue tout au long de l'entretien. Je devais à la vérité de dire que sa présence m'avait souvent mis mal à l'aise, même si ce n'était pas le cas aujourd'hui.

Comment me jugeait-il après tant d'années ? Trop rigide ? Peut-être… assurément distant… Je n'avais guère changé d'attitude. Je le savais capable de rudoyer son monde au moindre prétexte, de s'emporter dans une de ses colères légendaires, et puis, s'étant calmé, de venir vous parler d'une voix atone de tout et de rien. Il était versatile et ce n'était pas le moindre de ses défauts. Il fallait bien huit octaves sur le clavier des humeurs pour rejouer les partitions de son caractère.

– Mais, au fait, inspecteur, vous ne nous avez pas donné de nouvelles de notre petite Cécile… Rien de grave, j'espère ?

Je le rassurai, sans m'approfondir sur les symptômes de ses maux, tout en notant avec un certain désagrément l'emploi de ce possessif. Je détestais qu'il en usât pour évoquer le prénom de ma benjamine. Cette familiarité était blessante et je la ressentais comme une intrusion dans ma vie privée. Cependant, je ne savais comment le lui dire sans le vexer.

– Inspecteur, j'ai pris rendez-vous, lundi en quinze, avec le procureur pour voir comment nous devons traiter cette histoire. D'ailleurs, à ce propos, je vous demanderais de prendre vos dispositions pour m'accompagner pendant les trois jours nécessaires à notre affaire, compte tenu des informations que vous venez de me livrer… Une petite virée à Amiens nous changera les idées. Je demanderai à Fiquet de tenir les murs du 35. Nous profiterons aussi de notre séjour pour rencontrer nos collègues du commissariat central. Je veux savoir qui étaient ces quatre jeunes gens et pouvoir interroger ceux qui sont encore vivants.

Trois jours, trois longs jours avec, pour seule compagnie, cet homme, c'était un vrai crève-cœur. Abandonner, ne serait-ce que quelques heures, Madeleine et mes trois filles l'était tout autant. Ma vie n'avait de sens que dans la communion d'âmes que, journellement, j'entretenais avec ces quatre êtres. Dieu, dans sa bonté, n'exigeait-il pas que je sois présent à leurs côtés pour leur apporter protection et assurance ? Comment respecter ses ordres si je devais sous le moindre prétexte courir les chemins ? Et puis ce n'était plus de mon âge. Pourquoi ne pas laisser cette charge à nos jeunes collègues ? À Mistral par exemple. Au même instant une voix intérieure me disait que ce n'était pas forcément une bonne idée. Pour le commissaire, il en était autrement. Une sortie à Amiens représentait une bonne occasion de prendre l'air et de s'inviter à quelques bonnes tables, de s'entourer de bourgeois, d'hommes de sa condition. N'ayant nulle charge familiale, il ne se souciait pas du lendemain, et jamais il n'avait considéré sa profession comme un gagne-pain mais plus sûrement comme une distraction, un jeu pour grandes personnes. La souffrance et l'angoisse lui étaient étrangères, du moins le croyais-je jusqu'à ce jour.

– Commissaire, j'aurais voulu vous entretenir de notre jeune collègue Mistral…

Il ne me laissa pas poursuivre. Anticipant mes propos, il me répondit d'un air blasé :

– Je sais ce que vous allez me dire, inspecteur. Mais de mon côté, j'ai aussi constaté qu'il avait changé depuis quelque temps et, outre ses défauts que chacun a notés, je le crois affabulateur, j'ai peur également qu'il ne se mette à débiter des horreurs sur les uns et sur les autres, même sur vous…

– … sur moi ?

– Oui, avec ce genre d'individus, nul n'est à l'abri d'une mauvaise surprise.

– Mais…

– Inspecteur, croyez-moi, ne perdons pas notre temps avec ce garçon. Nous avons fort à faire aujourd'hui. Mon ami Marcel Ronsard, le secrétaire de mairie, m'a confirmé que la nouvelle du double assassinat n'a pas franchi les murs du commissariat… Tant mieux !… Le maire ne tient pas à ce que cela se répande dans toute la ville. Il est actuellement très occupé avec le ministère des Armées pour la première célébration du 11 Novembre et surtout par la conservation du mobilier exposé dans la salle du commandement unique. Inspecteur, je vous charge de vous mettre en relation avec M. Ronsard pour l'établissement des procès-verbaux que nous adresserons le plus tôt possible à la préfecture. Vous allez faire un saut à la mairie cet après-midi pour superviser cette histoire de mobilier et vous m'en rendrez compte demain… Ah oui, j'oubliais… il faudra envoyer quelqu'un à l'école de préservation, ils ont reçu trois nouvelles pensionnaires et doivent nous communiquer les fiches de police… Tiens ! puisque vous pensez à lui, envoyez Mistral, ça lui fera prendre l'air, et puis les « déviantes », elles ne craignent rien avec lui, si vous voyez ce que je veux dire…

– Commissaire, concernant l'enquête de voisinage, où en est l'inspecteur Fiquet ?

– Oh ! Inspecteur, demain, il fera jour !

C'était son expression favorite, une expression à « l'emporte-pièce », à la « va-comme-je-te-pousse », une expression qui voulait tout et rien dire mais qui avait le mérite de mettre un terme à notre discussion.

Cependant, j'insistai :

– Et pour la folle, que sait-on ?

– La folle ? Quelle folle ? me demanda-t-il avec l'air de tomber des nues.

– Celle qui a été interrogée par Fiquet !

Au moment de prendre congé, j'aperçus, suspendue à un perroquet, une écharpe identique à celle que portait Jules Mistral dans les premiers jours suivant son arrivée. Je me souvenais de ce détail parce qu'il se plaignait toujours de la fraîcheur du printemps dans notre région. Cependant, je ne pouvais m'expliquer la présence de cette bande d'étoffe chez le commissaire, sauf à imaginer qu'il ait invité notre jeune collègue dans ce salon, pensée qui me semblait dénuée du moindre fondement et pour tout dire ridicule.

12

Comme me l'avait demandé le commissaire, je passai une bonne partie de l'après-midi auprès du secrétaire général de la mairie dont je louais le commerce bien que ses idées fussent éloignées des miennes.

M. Ronsard était affable et ne s'appesantit pas sur l'amitié qu'il entretenait avec Herménégilde Marchand. Nous travaillâmes en bonne intelligence et je notai sa rigueur ainsi que la politesse avec laquelle il sollicitait son personnel.

Tandis que je l'observais, je songeais au commissaire. Il me semblait que l'aversion que j'avais maintes fois éprouvée à son encontre se nuançait. La visite de son intérieur, ce matin même et pour la première fois depuis notre collaboration, participait de cette inflexion. M'étais-je trompé ? Ne cachait-il pas sous son air bourru une sensibilité particulière que reflétait sa passion des arts ? Une passion dont il m'avait appris quelques jours auparavant qu'elle était née lors d'un voyage en Toscane. Je devais reconnaître que, mis à part quelques digressions sur la religion et cette détestable manie de ne jamais m'appeler par mon nom, il n'avait jamais été grossier à mon égard. Ses turpitudes ou ses avanies, dont j'avais été quelquefois le témoin muet, étaient réservées à mes collègues. Je me disais souvent que ma façon d'être ne lui permettait aucune familiarité. La distance et la mesure que j'affectais en toutes circonstances étaient autant de gages qui me protégeaient de ses débordements intempestifs. Depuis quelques jours, je sentais qu'Herménégilde Marchand supportait de plus en plus difficilement la présence de notre jeune collègue. Sans prendre de gants, il l'envoyait paître, et ce devant témoins. Mistral semblait perdu et cherchait auprès de nous un regard secourable. Les accusations que le commissaire avait proférées à son encontre et ses mises en garde me concernant m'avaient décontenancé. Je les trouvais exagérées. Cependant, elles m'incitaient à la prudence et ne faisaient qu'accroître ma réserve naturelle. Aujourd'hui, je me mords les lèvres, je sens bien dans quels errements je suis tombé et combien ma pusillanimité est en partie responsable de ce qui est arrivé. Lorsque Jules Mistral s'était présenté pour la toute première fois chez nous, il arborait un sourire timide, presque factice, un sourire qui s'était effacé avec les mois. Dès les premières semaines, je le devinais sous l'emprise du commissaire, mu par je ne sais quelle force invisible, vacillant devant le regard ténébreux de son supérieur.

*

* *

3 septembre 1920.

Le lendemain de ce petit-déjeuner mémorable, alors que je me rendais au 35 de la rue d'En-Haut, mon attention fut sollicitée par la présence de la voiture du Dr Saindec, une Voisin C14 dont nous vantions entre policiers la robustesse et qui suscitait une jalousie perlée. De funestes pensées visitèrent mon esprit : Herménégilde Marchand étendu de tout son long sur le sol froid du commissariat, suffoquant à en perdre connaissance. Je pressai le pas, en proie au plus grand des troubles. Dieu l'aurait-il rappelé auprès de lui pour lui faire payer ses fautes ? Cette vanité, cet orgueil, tous ces repas gargantuesques accompagnés de vins capiteux, ces colères irrépressibles, constituaient autant de faiblesses qui le condamneraient assurément au purgatoire.

Il n'était pas mort. J'entendis bientôt à l'entrée du couloir sa voix forte et assurée. Il s'était bien remis de cette indisposition qui l'avait tenu éloigné deux jours durant de son bureau.

C'était pour soigner la folle que le Dr Saindec s'était déplacé. Elle avait un prénom, la folle : Ernestine. Mais c'est par le surnom de « N'a qu'un œil » qu'on la désignait dans les rues de Doullens. Ce n'était guère charitable, mais c'était ainsi qu'elle se faisait appeler. Ernestine n'avait pas supporté les conditions de son interrogatoire « un peu serré », comme on disait dans notre jargon. L'inspecteur Fiquet n'y était pas allé par quatre chemins : l'attitude mutique de la folle l'avait mis en rage et les coups avaient commencé à pleuvoir. « Elle a fait une crise d'épilepsie », tel était le diagnostic du docteur. Tandis qu'il rangeait son stéthoscope et refermait sa sacoche, il s'adressa au commissaire en jetant de temps à autre un regard acerbe en direction de l'inspecteur Fiquet, lequel n'en menait pas large.

– Commissaire, puis-je vous parler ?… Inspecteur, je souhaiterais que vous soyez aussi présent à cet entretien.

Quelques instants plus tard, nous prîmes possession de la salle où d'ordinaire nous menions les interrogatoires de nos suspects. Le docteur, à voix basse, nous confia :

– Vous savez, celle que votre collègue appelle la « folle » et que les enfants surnomment « N'a qu'un œil », ce n'est pas quelqu'un de bien verni par la vie. Je vais vous dire ce que je sais d'elle. Mais, voyez-vous, messieurs, aussi stupide que cela puisse vous paraître, quand je regarde son œil, j'ai la gorge qui se noue et la bonde lâcherait si je ne reprenais ma respiration. Sachez, messieurs, que je pense souvent à elle, que je la plains toujours…

… Ernestine, la vie, la vraie vie, pas celle des rêves ou des songes éveillés, non ! Mais celle que te donnent à vivre les autres, tu la vis comment ? Comment tu vis les grimaces des enfants ? Les plaisanteries des journaliers quand ils te croisent ou, pire, le mépris des femmes qui changent de trottoir en te voyant, sans parler de celles qui détournent leur regard comme si tu portais le mauvais sort ? Comme si ton œil, comme celui qui regardait Caïn du fond de la tombe, renvoyait chacune à la culpabilité de sa conscience. Moi, je ne savais pas que ta mère louait son ventre aux soldats, devant la caserne Stengel à Amiens, avant que la syphilis ne l'emporte en enfer… ou au paradis si Dieu est un tant soit peu miséricordieux. Les garçons, c'est ingrat et c'est cruel aussi… comme celui qui t'a crevé l'œil un soir à l'orphelinat. Tu as crié une der-

nière fois et puis c'est tout. Du fond de ta gorge, il n'est jamais plus sorti une seule parole, un seul mot. Ce qu'on sait de toi, c'est écrit sur une fiche de police que tu présentes à tous ceux qui t'interpellent avec une once d'autorité. La peur au ventre, l'œil aux aguets, celui qui te reste, tu t'exécutes en attendant que l'orage passe, que les mauvais coups cessent de pleuvoir.

Nom : pas de nom

Prénom : Ernestine

Date de naissance : 12 février 1888

Père : inconnu

Mère : péripatéticienne surnommée « Fanfan », décédée ; cause : syphilis ; lieu du décès : hospice Bicêtre, faubourg de la Hotoie, Amiens

Le Dr Saindec était encore sous le coup de la colère :

– Votre collègue n'y est pas allé de main morte, ce n'est pas avec de pareilles méthodes qu'il allait pouvoir en tirer quelque chose. La pauvre ! Elle sait à peine s'exprimer… même dans le langage des signes qu'elle a appris pourtant… Ne soyez pas surpris : je le comprends car j'ai consacré une partie de mes études à cet enseignement. Ces muets ne sont pas des idiots, mais nous, nous les regardons encore comme des demeurés. C'est incroyable et profondément injuste. Concernant Ernestine, j'ai essayé d'interpréter ce qu'elle voulait dire par ses gestes. Mais c'est difficile et j'ai moi-même peu pratiqué, je l'avoue.

Originaire d'Amiens, Ernestine, comme la plupart des citadins, avait fui les bombardements de la ville et était venue en mars 1918 s'installer dans la bourgade, avec, en poche, quelques sous, une fiche de police et la recommandation du directeur de l'hôpital louant ses qualités de bonne à tout faire. Des âmes charitables avaient placé dans la vitrine des commerces de bouche une annonce relayant ses qualités et états de service. Un jour, un homme en tenue militaire s'était présenté et lui avait demandé de venir le mardi et le jeudi pour effectuer le ménage, assurer le ravitaillement et préparer quelques plats d'avance. Cet homme occupait la maison du Vert-Bout et semblait vivre seul. Il n'était guère présent dans les lieux et s'en remettait à Ernestine pour l'entretien du bas. Sans lui interdire formellement l'accès au premier étage, il avait expliqué que cette partie de la maison ne valait pas la peine qu'on s'en occupe.

– Cet homme, vous l'avez deviné, est certainement la victime dont nous avons trouvé le squelette la semaine dernière.

Ernestine avait une clef de la maison et faisait ce pourquoi elle était rémunérée. Mais très vite, elle comprit que la chambre du haut était occupée par quelqu'un dont elle entendait de temps à autre les pas à travers le plancher. Un jour qu'elle se trouvait en présence du militaire, les bruits revinrent. L'homme lui devait une explication : il s'agissait, selon ses dires, de sa propre sœur... « Faites pas attention, aurait-il ajouté, elle n'a plus toute sa tête... ». Un matin, Ernestine l'a de nouveau aperçue sur le palier du premier étage, et pour elle pas de doute possible : cette femme était enceinte, elle l'avait entendu vomir et l'avait vu se tenir le bas du ventre.

– Enceinte ! Il ne nous manquait plus que ça... mais...

– Oui, je sais ce que vous allez me dire. Je ne veux pas mettre en doute les paroles d'Ernestine. Mais si tel était son état, alors elle en était aux toutes premières semaines de grossesse.

– Et je suppose qu'à l'examen du cadavre c'était trop tôt pour le vérifier...

– Oui, évidemment, impossible de le constater... si elle avait été enceinte de huit mois, on aurait peut-être pu trouver des traces de la présence d'un enfant à naître ? Mais là, ce n'était pas le cas... Au premier examen, celui effectué en votre présence, j'avais porté mon attention sur la cage thoracique pour déceler l'impact d'une balle sur l'une des côtes. Ce n'est qu'au labo, avec mon collègue, que nous avons découvert, après avoir découpé la robe avec une paire de ciseaux, la présence d'une bande de tissu entourant le bassin, ce qui pourrait donner raison à Ernestine.

– … Vous dites bien « pourrait » mais on ne doit pas écarter l'hypothèse d'une simulation : la femme n'avait plus toute sa tête selon l'aveu même de son frère, fis-je remarquer.

– Enceinte ! Il nous manquait plus que ça, répéta le commissaire, l'air agacé. Et que vous a-t-elle dit d'autre, docteur ? insista-t-il.

– Rien d'autre, parce qu'Ernestine n'est pas restée très longtemps au service de ce militaire. Entre-temps, elle avait réussi à se faire embaucher à plein temps à l'hôpital. Le gîte et le couvert étant assurés, la place était plus intéressante. C'est d'ailleurs là que j'ai fait sa connaissance en juin 1918 parce que le directeur, M. Martinet, avait eu vent de mes compétences… toutes relatives, j'insiste bien… sur le langage des signes. Il voulait en savoir davantage sur sa nouvelle recrue… En vous quittant, la dernière fois, je me suis souvenu qu'Ernestine avait été employée quelque temps chez un militaire, j'ai fait le rapprochement avec le cadavre de la rue du Vert-Bout et j'ai incité Ernestine à se rendre chez vous avec un mot de recommandation de ma part vous demandant de m'appeler dès qu'elle serait dans vos bureaux.

– Et ce mot ?

– La pauvre, elle l'avait égaré, c'est ce qu'elle a cherché à expliquer avec ces gestes, mais votre collègue, le…

– Par charité pour lui, gardez votre compliment, j'ai peur qu'il ne soit pas très flatteur… même si de mon point de vue, il n'est peut-être pas exagéré… Eh bien ! Nous voilà bien avancés, soupira le commissaire.

L'instinct du chasseur avait parlé en moi, je m'étais dit qu'on ne pouvait en rester là.

– Docteur, si vous me le permettez, j'aurais deux questions à vous poser. La première concerne la jeune femme : est-il possible de mettre en relation la fêlure constatée sur le crâne de la victime et l'état de démence légère dont a parlé le militaire devant Ernestine ? La seconde se rapporte aux relations du docteur : a-t-elle parlé de visiteurs ? A-t-elle évoqué d'autres personnes le fréquentant ?

– Je comprends l'importance de ces questions pour votre enquête mais comprenez aussi que ma patiente ne parle pas et ne va jamais au-devant de mes interrogations. Il a fallu lui arracher bribe par bribe tous les éléments que je viens de vous rapporter. Il convient de ne pas prendre au pied de la lettre ce que je vous dis à son propos, vous devez accepter le principe selon lequel la vérité est circonscrite au rapport que je vous tiens. Mais ne me demandez pas d'être formel. Comprenez qu'il m'a fallu déployer des trésors de patience pour obtenir ces maigres résultats. Aussi, je ne saurais trop vous recommander de ne plus l'interroger directement, attendez que je sois présent. Cependant, je veux bien vous aider à trouver les réponses à votre seconde question, une fois qu'elle sera remise de l'épisode de ce matin.

– Et pour ma première question, pouvez-vous satisfaire ma curiosité ?

– J'y viens. Concernant cette blessure qui pourrait avoir un lien avec sa santé mentale, votre question, inspecteur, est pertinente, beaucoup plus que vous ne pouvez l'imaginer. Elle peut conditionner tout le reste. Je crois, comme vous, que le lien peut être fait ou du moins qu'il est très vraisemblable, et encore une fois vraisemblable ne veut pas dire vrai. Mais il peut conforter le scénario selon lequel la fiancée de ce militaire…

– … ne serait pas morte sous les bombardements et bien que blessée gravement, elle aurait survécu, n'est-ce pas, docteur ?…

– … Mais alors pourquoi le militaire la fait-il passer pour sa sœur ?

Le commissaire nous écoutait religieusement, surpris de la vivacité de nos échanges. Il opinait du chef, affichant par des sourires gratuits sa satisfaction de voir l'enquête prendre de la consistance. Cependant, j'insistais :

– Docteur, vous voyez bien que nous sommes suspendus au témoignage de votre patiente. Je comprends vos scrupules mais je vous demanderais de faire tout ce qui est en votre pouvoir pour l'obliger à parler. Il nous faut des noms, des portraits, que sais-je ? Des éléments qui nous permettraient d'avancer.

– Je vous entends, inspecteur, mais la nature humaine est ainsi faite que je ne peux en aucun cas la brusquer. Le faire serait prendre un risque insensé, celui de la voir définitivement se refermer dans une attitude mutique et là, nous aurions tout gagné. Remerciez votre collègue et dites-lui tout le bien que je pense de lui…

Le commissaire hocha les épaules en signe de renoncement et nous nous séparâmes. Sur le chemin qui me ramenait à mon domicile, je songeais à son attitude et à sa passivité à la fin de cette longue discussion. J'étais convaincu que, si l'entretien s'était déroulé quelques mois plus tôt, tout, dans son comportement, aurait été différent, différentes les remarques qu'il avait osées du bout des lèvres, différente sa réaction pendant l'échange que j'avais eu avec le docteur. Il paraissait clair aux yeux du Dr Saindec que mon approche concernant l'enquête était plus étayée, qu'elle cernait mieux un possible scénario. Si j'avais été aussi incisif autrefois, Herménégilde Marchand m'aurait rappelé à l'ordre avec des propos tels que je me les imaginais :

« Inspecteur, n'oubliez pas que c'est moi qui mène l'enquête. Le patron ici, et jusqu'à preuve du contraire, c'est encore moi. Contentez-vous de noter ce qui se dit ! Les questions, c'est moi qui les pose, compris ? »

Il m'aurait fallu courber l'échine, sentir le joug des reproches peser sur mes épaules et dodeliner de la tête en signe de contrition. Mais cette époque semblait révolue et en y réfléchissant plus profondément, il m'apparaissait que l'arrivée de Jules Mistral dans nos murs avait précédé ce changement d'attitude. Plus j'y songeais et plus je me convainquais qu'un incident avait dû se produire lors de leurs nombreux déplacements à Amiens au cours du mois de juillet. De quoi pouvait-il s'agir ? Une altercation ? une dispute plus violente encore ? J'avais beau chercher, je ne voyais pas, mais le constat était évident : Marchand avait changé. Il paraissait moins sûr de lui. Quant à Mistral, il s'était replié sur lui-même. Il ne parlait à personne, à peine s'il nous répondait lorsque nous le sollicitions dans le cadre de nos activités professionnelles.

13

Dimanche, veille de notre départ pour Amiens.

Les dimanches matins, après que la messe a été dite, et en attendant que le repas soit prêt, j'aimais flâner le long des douves qui ceignaient la citadelle de briques rouges. Édifié sous François Ier, aux portes de la ville, le bâtiment offrait ses flancs généreux au monde des oiseaux. Pendant la guerre, les murs abritaient un hôpital destiné aux soldats canadiens. Mais depuis la fin des hostilités, les lieux avaient retrouvé leur quiétude jusqu'à ce que l'administration pénitentiaire décidât d'accueillir en son sein les jeunes filles « déviantes ». Leur présence était bien cachée et les bourgeois de la ville ne pouvaient la deviner qu'au sortir de la dernière sente, à l'endroit où l'Administration leur avait alloué quelques ares de terre, à peine un arpent, pour les mettre en culture maraîchère et ainsi faire œuvre d'éducation. De temps à autre, nous apercevions les recluses sarclant quelques maigres salades ou binant l'enclos. C'est à peine si nous leur offrions l'aumône d'un regard. D'autres s'affairaient les bras remplis du beau linge des bourgeois qu'elles venaient de laver et qu'elles s'apprêtaient à repasser. Elles glissaient ainsi le long des murs de la citadelle, comme des ombres. Quand, au hasard de nos promenades, nous les croisions, elles baissaient la tête de peur que nous les jugions une nouvelle fois, comme ces hommes de loi vêtus de leur robe noire et de leur hermine blanche qui les avaient envoyées ici dans cette « école », une prison qui ne voulait pas dire son nom.

La brume, encore présente à une heure tardive de la matinée, voulait nous rappeler que l'automne était proche. Mes guêtres étaient trempées et je ressentais leur inconfort jusqu'aux orteils. La rosée dessinait sur les brins d'herbe des perles d'argent qui resplendissaient sous les rayons du soleil. Si le ciel se colorait d'un bleu azur, les chaudes matinées de l'été n'étaient plus qu'un lointain souvenir.

Miraut, notre labrador, gambadait à l'affût des garennes qui pullulaient à l'orée de la clairière. Pour ce gibier, le temps de la guerre fut un temps béni. Les hommes avaient échangé pendant quatre années leur carabine pour des lebels autrement plus dangereux mais ce troc ne concernait pas la gent animale et hormis quelques collets dont il fallait toujours se méfier, la vie, pendant ces temps de guerre, avait été heureuse. Notre chien portait le même nom que celui des Duhamel, ce beauceron qui avait réussi l'exploit de mettre en déroute un détachement de soldats en juillet 1916. Le chien des Zudek s'appelait aussi Miraut, ceux-là, j'étais bien décidé à leur faire passer certaines mauvaises envies. Quand je disais que Miraut était notre chien, il me faudrait pour être plus juste préciser que c'était surtout celui de Françoise, notre cadette. Un chien racé, au pelage noir comme la houille du pays minier, voisin de la Somme.

Françoise me donnait beaucoup de soucis ces temps derniers. Lorsqu'elle était enfant, Madeleine et moi rêvions de la voir, un jour, revêtir la robe blanche des sœurs de la congrégation. Jusqu'à l'adolescence, elle semblait répondre à nos aspirations : toujours encline à prier Marie ou Notre-Père, toujours prête à s'émouvoir au doux nom de Jésus lorsque nous lui enseignions les étapes de son chemin de croix. Elle était soumise et acceptait avec intelligence et raison les préceptes religieux qui fondaient notre vie spirituelle. Et puis, ce fut l'institution, et jamais, nous ne sûmes comment les ferments de la révolte s'étaient développés pour s'emparer de cette âme juvénile. Françoise, notre enfant, s'était muée, avec la même soudaineté que certains orages de printemps, en une jeune fille rebelle, curieuse des mouvements de notre société, préférant au recueillement des prières les sempiternelles discussions sur la place des femmes dans la famille ou dans les ateliers. Elle allait jusqu'à revendiquer une égalité de droits et de devoirs pour tous les citoyens. Nous ne pouvions lui faire entendre raison. Son intérêt pour la condition de ces femmes, que les nombreuses filatures implantées dans la vallée employaient, m'était étranger à tout point de vue. « Encore une conséquence de la guerre ! » me disais-je, en les croisant dans les rues de la cité ouvrière. Le départ au front de leurs hommes avait poussé ces malheureuses à donner leurs bras aux trames des métiers à tisser au lieu de se consacrer aux rôles que la nature leur avait dévolus. L'enfantement et l'éducation de leur progéniture devaient être, selon moi, leurs uniques préoccupations, le reste appartenait aux devoirs de chaque homme, mais la guerre… toujours cette maudite guerre…

Ainsi, jour après jour, avions-nous dû, avec déchirements, renoncer à voir Françoise entrer dans le noviciat. Mais le pire arriva quelques mois plus tard, au printemps dernier, lorsque la mère supérieure de l'institution privée nous fit comprendre que notre fille n'y avait plus sa place compte tenu de certaines paroles déraisonnables et dont les conséquences furent implacables : elle ne serait pas acceptée dans le second cycle des études. « ... Avec de telles idées, sa place n'est plus chez nous, mais chez les "sans foi", je vous plains beaucoup... Nous prierons dimanche pour le salut de son âme... Que Dieu ait pitié d'elle. » Ces remarques nous avaient profondément blessés. Je pensais que nous devions conjuguer nos efforts pour remettre Françoise dans le droit chemin et il me semblait qu'au moment où nous avions le plus besoin de l'aide de cette institution, elle nous abandonnait à notre sort. Je me souvenais avoir fait profil bas et ne pas avoir soutenu son regard lorsque la mère supérieure prononça d'un ton sardonique la sentence d'exclusion immédiate et irrévocable. J'étais mortifié. Mais que pouvais-je opposer à cette décision ? Françoise, quant à elle, n'était guère affectée par cette sanction et semblait même s'en réjouir :

– Tant mieux, nous lança-t-elle parce qu'un jour ça allait finir mal... On ne peut pas dialoguer avec ces vieilles pies, elles n'ont que leur bréviaire à m'opposer, mais sur le fond, je sais que j'ai raison, papa, ce monde est injuste ; la part faite aux indigents devrait nous inciter à nous battre pour l'améliorer plutôt que d'afficher de la compassion l'espace d'un instant et ainsi nous donner bonne conscience, c'est trop facile !... Pardon, papa, je t'aime beaucoup mais, vois-tu, lorsque je discute avec M. Marchand et même si je ne partage pas toutes ses idées, je dois reconnaître qu'il sait construire un discours intelligent et personnel. Il me comprend, lui. Il veut réformer cette société. Parfois il me met en garde contre mes propres idées qu'il juge trop dangereuses. Il me rappelle souvent que si des hommes comme lui se sont battus pour sortir la religion de la sphère publique, ils n'ont jamais voulu abattre les églises contrairement à ce que ces vieilles pies prétendent.

Je l'écoutais sans l'interrompre, sans la juger mais le soir venu, dans mes dernières prières, je m'en remettais à Dieu pour que son attention fût portée au cas de notre fille. J'avais observé depuis quelque temps que Françoise passait régulièrement par le bureau du commissaire avant de me rejoindre au premier étage. Cela ne me plaisait guère car je jugeais le personnage avec sévérité et dépourvu de toute expérience sur l'éducation des filles. Mais je n'osais lui interdire ces visites de peur qu'elle ne haussât le ton. Françoise avait gardé de l'enfance ce caractère enjoué, teinté d'espièglerie. Elle aimait la compagnie de notre chien qui savait être câlin et comme tous les labradors, il manifestait en toute occasion une affection débordante pour notre fille. Il m'arrivait parfois de rosser l'animal lorsque, pris d'un besoin tyrannique, il ceignait de ses pattes la taille de notre fille et se mouvait en haletant avec frénésie, le sexe en érection. Dans l'innocence de ses 16 ans, Françoise gloussait de rires et plaidait ma clémence : « Papa, ce n'est qu'un animal, regarde dans quel état tu l'as mis. Maintenant, il a l'air malheureux. » Allongé sur le flanc, l'œil torve, Miraut semblait manifester un réel repentir.

Pauvre Miraut, au paradis des chiens, il a retrouvé aujourd'hui son homonyme, celui des Duhamel. Quant à celui des Zudek, je ne sais trop ce qu'il est advenu de lui. Il a suivi ses maîtres, dans le Nord de la France, au pays de l'or noir, « l'or pour les poches des patrons et le noir pour les gueules des ouvriers », comme Françoise se plaisait à le faire remarquer. Je ne m'imaginais pas un seul instant l'aîné des enfants Zudek au fond de la mine, pas fou, le garçon… et assez intelligent pour vivre de recels ou des fruits de ses méfaits. À l'école du crime, il avait montré tant de dispositions que je m'attendais un jour ou l'autre à voir son nom cité dans la presse, et s'il n'avait pas été trop jeune pour avoir commis le double crime de la rue du Vert-Bout, tous mes soupçons se seraient portés sur lui. Mes pensées furent brutalement interrompues par l'arrivée inopinée, au détour d'un chemin, de celui qu'on appelait M. Joseph et qui était mon voisin de banc à l'église. Avec cet homme, pas de claques dans le dos, pas d'effusions démonstratives. C'était un homme pieux mais sa réserve naturelle ne l'empêchait nullement d'être chaleureux. Il disait dans son regard ce que ses mains se refusaient à manifester.

– Bonjour inspecteur, je suis heureux de vous revoir, j'ai cherché à vous parler au sortir de la messe mais je vous ai perdu de vue... J'ai examiné les bijoux que vous m'avez fait porter... Ce collier en lapis-lazuli, du bel ouvrage ! Et cette colombe, quelle finesse ! Bon ! vous ne ferez pas fortune avec... mais ils ont de la valeur et je ne saurais trop vous recommander de les protéger dans un lieu sûr, ils pourraient aiguiser l'appétit de certains voleurs... mais, pour ça, je vous fais confiance.

14

Lundi, jour de notre départ pour Amiens.

Le commissaire trépignait d'impatience :

– Pourvu qu'elle n'oublie pas le vin que j'ai mis au frais ! Avec sa tête de linotte, on n'est jamais à l'abri d'une catastrophe.

Adélaïde arriva avec un peu de retard au 35 de la rue d'En-Haut. Le commissaire et moi l'attendions avant de partir sur Amiens. Tout en s'excusant, elle déposa sur la table les paniers remplis de victuailles et nous souhaita

« bon voyage ». Je la remerciai tandis que le commissaire lui tournait le dos sans un seul mot pour souligner sa gentillesse et sa serviabilité. « Quel maroufle ! pensai-je, … changera jamais ! »

Quelques instants plus tard, un conseil fut réuni. Chacun s'installa à la place que le hasard et le temps lui avaient dévolue tandis que le commissaire me retenait dans le corridor :

– Inspecteur, je suis navré, mais après notre petit séjour à Amiens, il faudra que dans la foulée nous nous rendions à Livencourt… Vous vous souvenez de la lettre que je vous ai fait lire, celle de M. Godard, l'inspecteur de l'Instruction publique à propos d'un instituteur qui avait soi-disant conquis le cœur d'une de ses élèves. Eh bien ! pas plus tard qu'hier, nous nous sommes rencontrés, Godard et moi. Il m'a dit que le jaloux, un certain Edmond Masse se répandait dans tout le village en propos peu amènes sur le couple… Un certain Edmond Masse… Je retenais son nom, loin d'imaginer qu'à cet instant, cet individu était celui que nous allions rechercher tout au long de notre enquête… Il paraît qu'il menace de faire scandale le jour de la noce… Il commence sérieusement à m'emmerder celui-là. Il faudra qu'on aille faire un tour là-bas pour lui dire deux ou trois mots, mais avant de l'asticoter, j'aimerais qu'on fasse la connaissance de ce Louis Cressent dont on me dit le plus grand bien. Bon ! ne faisons pas attendre nos collègues plus longtemps, allons les rejoindre !

Le commissaire toisa son petit monde. Tous les hommes étaient là, seul manquait Mistral. Mais le commissaire ne fit aucun commentaire sur son absence :

– Messieurs, commença-t-il en s'éclaircissant la voix, tout à l'heure l'inspecteur et moi, nous partirons pour Amiens et nous y séjournerons jusqu'au mercredi. Fiquet, vous prendrez la direction de la maison et vous me rendrez compte de vos activités jeudi… J'aimerais qu'on avance sur cette histoire de vol de charbon... On a déjà trois plaintes sur le sujet... Messieurs, dois-je vous rappeler qu'il n'y a pas de petits délits, ni de petits délinquants...

– Encore un coup des Polonais, suggéra l'inspecteur Fiquet. Ça ne serait pas la première fois.

– Peut-être, peut-être pas, pas de fixation sur ces gens, mais ne négligez aucune piste, je veux qu'on me coffre les voleurs au plus vite... Et dans vos rapports d'audition, pas de roman, je vous l'ai dit mille fois... Des faits, rien que des faits, du concret, pas de littérature... Vous n'êtes pas Marcel Proust que je sache.

– Commissaire, a-t-on du nouveau sur le double assassinat de la rue du Vert-Bout ? demanda Fiquet pour changer de sujet.

– Du nouveau, oui ! Et c'est pour cette raison que j'ai tenu à vous réunir avant notre départ, je voudrais vous expliquer le but de cette escapade à Amiens. Depuis que nous avons découvert les corps, du moins ce qu'il en restait, nous avons récolté un ensemble de détails intéressants pour la suite, nous avons également retrouvé dans la maison du crime des lettres qui donnent certaines indications sur les victimes, et puis il y a la déposition de la folle... À ce propos, je vous demande de ne plus l'interroger en dehors de la présence du docteur à qui nous devons faire toute confiance. Aujourd'hui, tout ce qu'on sait tient en quelques phrases : les deux victimes auraient été tuées entre avril et août 1918. Nous savons que la folle qui était à leur service s'est fait embaucher le 20 avril 1918 à l'hôpital, c'est inscrit sur le registre du personnel... La femme était probablement enceinte mais depuis quelques semaines seulement. Je ne crois pas, d'ailleurs, que ce soit très important pour la suite de notre enquête, ce n'est qu'un détail, mais il ne faut pas l'écarter.

Le commissaire s'arrêta et me fixa pour vérifier que ses supputations ne seraient pas contredites. Mon silence valait acquiescement. J'étais dans les mêmes dispositions d'esprit et je louais sa prudence.

– Pour l'homme, poursuivit-il, il est vraisemblable qu'il s'agissait d'un militaire, infirmier ou médecin, son rôle n'est pas encore déterminé. Il a été tué par balle… dans le dos. La femme, elle, a été poignardée de deux coups de couteau dans le ventre, un crime horrible quand on sait qu'elle était peut-être enceinte. La confirmation vient de nous être donnée par le docteur : la robe ainsi que la ceinture de flanelle qui soulageait le ventre de la femme portent des traces de déchirure nettes correspondant à deux coups de couteau.

À l'évocation de la scène du crime, je m'étais reculé pour mieux observer mes collègues. Ils étaient attentifs, saisis par l'horreur des faits que leur imagination reconstituait.

– Reste néanmoins une question pour l'instant sans réponse : quel était le lien entre les victimes ? Nous avons deux versions qui s'opposent radicalement. La première, la plus évidente, ils étaient mari et femme, or, d'après la folle, c'était pas ça. « N'a qu'un œil » prétend que la femme serait la sœur du militaire… et ce qui peut donner crédit à cette dernière version, c'est par exemple l'absence d'alliance au doigt des victimes et aussi… un autre détail, jamais la folle ne les a surpris dans une situation de tendresse qu'on peut imaginer entre deux époux.

– Et pour l'acte de propriété du manoir ?

– Ne soyez pas impatients, messieurs, j'y viens… Nous savons qu'au siècle dernier, selon le témoignage des voisins, cette maison appartenait à une famille d'origine amiénoise, les Duhamel, pas ceux de la rue des Charcutiers… Rien à voir, aucun lien de parenté ! Nous leur avons demandé… On a aussi fait chou blanc chez les trois notaires du canton et au cadastre, ils n'avaient que le nom des Duhamel inscrit dans leur registre. C'est dommage parce qu'on aurait pu donner un nom aux victimes mais, pour les voisins, les Duhamel ont tous disparu et une autre famille s'est installée dans les lieux au printemps de l'année 1912. Pour corser notre affaire : cette maison n'était pas leur résidence principale. Les occupants en avaient fait leur lieu de villégiature, toujours selon le témoignage des voisins. Voilà pourquoi, messieurs, il nous faut aller à Amiens pour en savoir davantage. Nous devons rencontrer le procureur. Lui, je le connais, tant qu'on n'a pas de coupable à lui présenter, il ne nous collera pas de juge dans les pattes. Pendant quelques jours encore, il nous laissera mener nos investigations en nous foutant une paix royale, mais faudra pas trop tarder parce que l'armée va vouloir mettre son nez dans cette affaire et avec eux, c'est jamais de la tarte… Messieurs, avez-vous d'autres questions ?… Non ! Eh bien dans ce cas, il ne me reste plus qu'à vous saluer… à jeudi ! Mais d'ici là, pensez à nos voleurs de charbon… Une dernière chose… j'allais l'oublier celle-là… Concernant la petite Magloire, dépêchez-vous pour le procès-verbal, le juge l'attend. Je crois qu'il veut la mettre à l'école de préservation. Elle est un peu jeune, mais les autres lui feront son éducation, ajouta-t-il en s'esclaffant.

15

Arrivés en contrebas de la cathédrale, près du port d'Aval, nous abandonnâmes la Panhard & Levassor devant l'hôtel dans lequel nous avions pris pension pour les deux journées à venir. Le commissaire m'avait proposé une visite de l'édifice religieux que je n'avais pas revu depuis mars ou avril 1914. J'avais accepté avec l'espoir qu'il m'accorderait suffisamment de temps pour me permettre de me recueillir. C'est au pied de l'église gothique, sur le parvis, que je compris mon erreur : il ne me lâcherait pas un seul instant.

– Inspecteur, admirez ces quatre-feuilles, regardez-les ! C'est la preuve manifeste qu'au Moyen Âge, les bourgeois d'Amiens savaient honorer les vignerons de nos campagnes… Le climat devait être plus doux qu'aujourd'hui, la vigne poussait partout et les fidèles de l'époque devaient se montrer plus épicuriens que ceux d'aujourd'hui. Eux n'hésitaient pas à ripailler et à faire bombance sans enfreindre les canons de votre Église… Voyez, inspecteur, autrefois, avant les grandes découvertes, l'Église éclairait la conscience des hommes, elle les sortait de la fange pour les élever par la morale à la condition d'êtres civilisés… Mais tout ça n'a pas duré, la Renaissance, les grandes découvertes, l'émergence d'une religion concurrente, à chaque moment de l'Histoire moderne, c'est une Église rétrograde, arc-boutée sur ses certitudes, incapable d'anticiper les évolutions des hommes et des sociétés qui, aujourd'hui encore, a le culot d'afficher sa prétention à vouloir les guider coûte que coûte… Inspecteur, je suis désolé de vous le dire parce que je respecte vos convictions, mais pour moi, votre Église restera le bras séculier de la classe possédante. Elle le fut autrefois pour la noblesse, elle l'est aujourd'hui pour la bourgeoisie. Elle se montre incapable de sentir les aspirations profondes des peuples.

Tandis que le commissaire s'enflammait, j'observais, sans en comprendre les raisons, le déploiement de soldats qui patientaient en file indienne sur le parvis de la cathédrale bien avant notre arrivée.

– Inspecteur, vous ne m'écoutez plus !… Je vous disais que vous confondiez, vous, les catholiques pratiquants, ce qui relève du domaine de la foi en un Dieu créateur avec l'ensemble des règles et des commandements. Il y a dix jours quand je me suis trouvé mal et que j'étais, de longues heures durant, assis dans un fauteuil, je méditais, comme tout un chacun peut le faire, sur mon propre sort. J'approche de la soixantaine que je coifferai dans deux ans et je mesure, ô combien, que les meilleures années sont derrière moi et qu'un jour prochain, moi aussi, tout comme vous, tout comme ces soldats devant nous, je devrai quitter ce monde. Pour vous, c'est facile, vous vous y préparez depuis le sacrement du baptême. Mais pour moi et pour tous ceux qui sont agnostiques, c'est une épreuve effrayante que le passage dans l'au-delà. Il m'arrive souvent de me réveiller en pleine nuit, la sueur au front, l'angoisse au ventre et je me dis : « Si tout ça existe et si au fond Dieu nous avait fait différents des animaux, en nous donnant une conscience et tout ce qui en découle – au premier chef, notre condition de mortel –, comment supporter cette condition sans la foi ? » Depuis soixante ans, je sais que je vais mourir demain sans cette foi, alors mon seul refuge c'est le présent, c'est la jouissance de chaque instant, voyez-vous inspecteur, je suis comme Pascal, je parie, mais à l'inverse de lui, je me pose de manière incessante la question de la non-existence de Dieu. Or, si Dieu n'existe pas, qui jugera ce que j'ai fait dans ce bas monde ? Et s'il existe, comme vous l'affirmez, dans quel sens le fléau de la balance penchera-t-il au jour du Jugement dernier ? « Connais-toi, toi-même », nous dit le philosophe, c'est un chemin escarpé que l'on doit emprunter pour atteindre cette connaissance. En vérité, on laisse deviner de soi un portrait fait de bien et de mal qu'on s'évertue à peindre depuis l'enfance et à propos duquel les autres disent : « c'est sa personnalité, il est comme çà ! » Je crois savoir ce qu'on dit de moi, mais cela n'a tout compte fait que peu d'importance, la comédie aura un jour une fin. Voyez-vous, inspecteur, toutes ces questions me taraudent l'esprit depuis quelques semaines. Je les vis comme un tourment comme si le malin m'avait enfin repéré pour ne plus me lâcher. Vous devez me trouver bien ridicule et pourtant je vis ces dernières semaines avec une peur imbécile qui ne me quitte plus. Et puis, il me faut vous l'avouer aussi, la désespérance de notre jeune Mistral jette un trouble dans ma conscience. Il me semble ne plus disposer de toutes ses facultés. En vérité, il ne s'accepte pas tel qu'il est et c'est cela qui le rend malheureux. Comment l'aider ? Nous sommes bien en peine. Je me sens responsable, ne vous trompez pas, inspecteur. Ne croyez pas que je sois indifférent à sa détresse. Demain, j'aurai l'occasion de m'entretenir avec mon ami l'évêque et je lui demanderai conseil. Bon ! allons nous restaurer avec ce qu'Adélaïde nous a préparé, cela permettra de chasser toutes ces vilaines pensées, conclut-il avec un clin d'œil que je jugeai trop familier, et comme je ne souhaitais pas être impliqué dans cette complicité, je détournai mon regard pour embrasser la statue du « Beau Dieu ».

Elle ornait le trumeau central du grand portique et faisait la fierté des gens d'ici.

Je n'avais pas eu le loisir de me promener seul dans les travées de la cathédrale et j'en voulais au commissaire. L'édifice recelait tant de secrets et de merveilles que je me promis d'y revenir au plus vite en compagnie de Madeleine et de mes trois filles. J'avais envie de leur parler de Philippe Auguste, de l'admiration qu'il portait au bleu que rendait la décoction de cette plante bien connue en terre de Somme et à laquelle on donnait le nom de « waide ». Cette plante fit la richesse des teinturiers et des tisserands le jour où le suzerain la choisit pour donner à ses insignes la couleur du « bleu royal ». Pour manifester leur reconnaissance, les bourgeois d'ici eurent la prétention d'édifier la plus haute et la plus large des cathédrales que comptait l'Occident chrétien. La cathédrale d'Amiens allait bénéficier des techniques les plus avancées au moment de sa construction. Avec patience et ténacité, sans rechercher la gloire, les bâtisseurs, des gens modestes la plupart, réussirent ce pari insensé que ni les outrances du temps, ni la folie des Boches ne purent gommer : l'édification du joyau le plus beau du Moyen Âge. Aujourd'hui, les pèlerins le chantent sur tous les chemins : « C'est la Cathédrale la plus grande, entre toutes. » Oui, tout cela, je le dirais à Françoise, même si je savais qu'en ce moment, il m'était difficile de l'instruire sur ces sujets.

16

– Chers collègues, installez-vous ! Je vous prie.

Le commissaire Ferdinand Leroux nous reçut vers le milieu de l'après-midi. Altier, le menton en avant, il ne cessa pendant le temps que dura notre entretien de replacer avec un certain agacement son binocle. Les médailles qu'il arborait fièrement attestaient de sa présence devant le feu de l'ennemi… *Le Feu*, je pensais au livre d'Henri Barbusse, un des rares ouvrages que j'avais lus ces dernières années. Je lisais peu en vérité. L'abbé Gaudissart, le saint homme, nous avait conseillé les écrits de Léon Daudet ou de Charles Maurras pour affermir nos jugements. Mais je n'arrivais pas à me passionner pour ces ouvrages. Par paresse ou par fatigue, je remettais au lendemain ces lectures, peut-être aussi par crainte qu'elles ne dérangent mes convictions. L'homme, avec une certaine condescendance, nous avait indiqué nos sièges et, sans que nous lui ayons fait la remarque, justifia ses médailles :

– Verdun !… L'enfer !

Sans se faire prier, il repartit dans les tranchées au fond desquelles son esprit restait enlisé.

– La boue, le froid et pire… les rats qui tournent en rond, attendant votre dernier souffle et qui s'étonnent de vous voir encore debout, encore chaud… la vermine… les camarades qui râlent… le sang qui s'écoule le long des tranchées en pente douce et forme avec le ruissellement de la pluie un liseré rouge dans des rigoles creusées à la hâte… Ceux qui agonisent, en levant les yeux vers le ciel comme pour implorer la clémence des hôtes prochains…

Le commissaire Ferdinand Leroux n'avait rien oublié, il était encore là-bas, le corps perclus de blessures invisibles.

Pendant ce temps, Herménégilde Marchand montrait, sans s'en cacher, des signes manifestes d'ennui. Il n'était certainement pas venu à Amiens pour écouter une nouvelle fois l'épopée de 14-18. Il chercha dans mon regard un appui que je ne lui offrais pas par respect pour l'homme de Verdun. Bientôt l'ennui céda le pas à l'impatience. Il se tortilla sur sa chaise, toussota puis se raidit comme le faisait Mistigri, notre chat, devant sa proie. Il avait suffi d'une légère inflexion dans la voix de notre hôte suivie d'un soupir pour que le commissaire sautât sur l'occasion :

– Cher collègue, nous avons sur les bras une curieuse affaire. Il y a dix jours, nous avons découvert les corps de deux victimes rendues à l'état de squelette… je dis « victimes » parce qu'il a été établi qu'elles ont été assassinées par un ou plusieurs individus, or je dois à la vérité de dire que nous piétinons : pas de noms à leur donner, hormis un prénom hypothétique, celui de Claude pour l'homme… La maison dans laquelle nous les avons retrouvées n'a pas de propriétaire identifié à ce jour. Ce qui est à peu près établi, c'est la date approximative de leur mort : entre avril et août 1918. Cependant, nous avons, et c'est heureux, retrouvé sur les lieux de l'assassinat trois lettres… Tenez, cher collègue, voici les copies de ces lettres dont nous avons reproduit l'écriture… le travail de notre enfant de cœur… Je plaisante, mais c'est comme ça qu'on appelle un de nos hommes qui nous est venu de son Languedoc natal au début de l'année… pas une lumière mais on fait avec…

Je n'avais pas aimé que le commissaire raillât de la sorte notre collègue mais il est vrai que son visage renvoyait l'image d'un enfant plutôt que celle d'un homme jeune et viril. C'était la première fois cependant qu'il s'en prenait à lui avec une telle ironie devant des étrangers. Cette outrance prouvait, s'il le fallait, que la patience dont il avait usé jusqu'à présent laissait place à l'exaspération.

– Nous sommes donc à la recherche de quatre jeunes gens, en vérité plus que deux, puisque l'un est mort à la guerre et l'autre est notre victime. Nous savons également que tous les quatre ont fréquenté le grand lycée…

– Le grand lycée ? Alors là, vous n'êtes pas au bout de vos peines, pour sûr : les bâtiments administratifs ainsi que la moitié des salles de classe ont été soufflés lors des bombardements qu'on a subis à partir de mars 1918… Vous n'êtes pas encore allés par là-bas ? Allez y faire un tour, en passant par la porte de la Hotoie, vous traverserez la place du Marché-aux-Chevaux… Il y a un peu d'animation en ce moment parce que c'est là qu'on va raccourcir samedi prochain l'incendiaire des bureaux du Trésor : cinq morts… carbonisés, excusez du peu ! Une belle prise de chez nous !… Pour le lycée, à mon avis, vous n'obtiendrez rien, mais allez-y quand même, ça vaut bien une petite marche. Concernant les identités des soldats, je vais confier l'enquête à notre inspecteur, celui qui a pris au collet l'incendiaire, vous ne serez pas déçus, c'est un as. Aussitôt qu'on aura avancé, on vous fera signe. Mais donnez-nous du temps, en ce moment on ne s'ennuie pas, vivement l'hiver qu'on ait un peu de répit.

17

Quand nous pénétrâmes dans l'établissement, je fus pris d'une quinte de toux : l'air était vicié et saturé par un parfum âcre ressemblant à s'y tromper au patchouli auquel se mêlaient des effluves de cigares. Germaine Husson, dite « Mme Germaine » était accoudée au bar lorsqu'elle reconnut la silhouette du commissaire. Elle quitta son siège pour venir l'embrasser avec une privauté teintée d'affection. Les présentations faites, elle nous proposa un verre d'un alcool que je ne pouvais décemment refuser. Tandis qu'elle papotait avec Herménégilde Marchand sans m'accorder la moindre attention, j'observais son visage qu'elle avait grimé pour masquer les affres du temps et ceux des plaisirs tarifés. Elle gardait les stigmates d'un minois attirant, témoin d'un passé glorieux au cours duquel les hommes, aux dires du commissaire, s'étaient damnés pour l'avoir dans leur lit. Mais aujourd'hui, Mme Germaine, comme l'appelaient ses filles et les clients, était une dame « rangée » désormais ainsi qu'elle aimait le clamer haut et fort aux oreilles des impudents qui aventuraient leurs mains sur sa croupe. Ce n'était pas qu'elle était farouche, au contraire cela lui faisait plaisir qu'on pût encore la désirer, mais elle était la patronne et se devait d'être exemplaire. Sa charge était suffisamment pesante pour qu'elle ne sacrifiât pas son temps à ses anciennes privautés : le cheptel qu'elle gérait avec une attention toute maternelle pour chacune de ses brebis exigeait de l'humanité et une vigilance de chaque instant. Elle devait marier le caractère de ses filles aux exigences des clients et cet exercice réclamait de la psychologie.

Mme Germaine était une maquerelle généreuse mais autoritaire. Prudente et avisée, elle contraignait ses filles à une toilette obligatoire après chaque client. Sa phobie, c'était la syphilis, un des fléaux de ce siècle débutant avec la blennorragie ou le chancre mou. Tant de filles en souffraient. Pour soigner cette terrible maladie, on ne disposait d'aucun remède miracle. La vérité, c'était que personne ne savait la guérir. Lorsque ces femmes de mauvaise vie en étaient victimes, on les emmenait à l'hospice Bicêtre en compagnie des insensés ou des réprouvés pour quelques semaines ou mois. Pendant cette hospitalisation, elles étaient enfermées, maltraitées, frappées comme si les coups pouvaient extirper de leur ventre le mal dont elles souffraient. Plus elles criaient, plus on les battait. Quand elles ressortaient de cet endroit maudit, c'était parfois les pieds devant comme Fanfan, la mère de « N'a qu'un œil », ou le plus souvent, un peu moins malades, une rémission que la nature leur offrait pour quelques mois, car elle ne pouvait les guérir tout à fait. Alors, tant pis pour les hommes, les filles continueraient à leur faire la courte échelle.

À partir de 1914, les clients, c'étaient parfois des poilus qui venaient là par déshérence, pour se prouver qu'ils étaient encore des hommes malgré un bras en moins, quand ce n'était pas un morceau de jambe. La vie, la vraie vie, c'était là entre les cuisses des femmes, dans la tendresse et la chaleur des ventres, loin de l'enfer des tranchées. De la fesse et des rires pour oublier les camarades qui vous suppliaient de venir à leur secours, pour ne plus penser à la peur qui vous faisait gigoter de tremblements stupides. Quand ils s'étaient délestés de leur foutre, ils quémandaient de la tendresse en guise de viatique pour les combats prochains. C'est ainsi que sont les hommes. Ils ne se découvraient qu'après l'extase. De la charité, il en fallait aux filles pour se laisser manger la laine sur le dos par des manchots ou des « gueules de cuir ». Les filles sont généreuses, elles pensent à leurs frères et rêvent de maris vigoureux.

*
* *

Le commissaire était un habitué des lieux. Tout au long de ces années de guerre, il venait rendre visite à Germaine Husson et ne craignait pas de s'afficher en sa compagnie aux meilleures tables de la ville. Célibataire endurci, un tantinet misogyne, Herménégilde Marchand aimait s'encanailler des nuits entières dans cet établissement si peu recommandable aux yeux des « bien-pensants » mais tellement utile à la police pour le concours qu'il lui apportait. La maison Husson jouissait d'une excellente réputation et les prestations qu'elle offrait n'étaient destinées ni aux bourses des manants, ni à celles des ouvriers, témoins les noms que les filles portaient. Chez Mme Germaine, point de « Fanfan », ni de « Cocotte » encore moins de « Poucœur », non rien de tout cela, mais des jolis noms, qui fleuraient l'Empire et assuraient la renommée de l'endroit : les « Désirée », « Philippine » et autre « Attalie » avaient appris à décliner leur identité avec de bien gracieuses courbettes.

Tandis que je l'observais, accoudée au bar, Germaine Husson semblait se noyer dans ses souvenirs, ses traits se creusaient. Reprenant ses esprits, elle nous confirma d'un ton sec et péremptoire :

– Non, j'en suis sûre ! Quatre jeunes hommes ensemble, je m'en souviendrais. Ces prénoms ne me disent rien !

Les clients de Mme Husson, c'était plutôt des hommes d'un certain âge.

– En tout cas, certainement pas des habitués… des occasionnels peut-être, encore que ceux-là, on les voit venir de loin, avec leur air gauche, ils sont tout intimidés de se retrouver avec nos filles, ils furètent partout de peur qu'on les reconnaisse. Ils se dépêchent de consommer et de faire leur petite affaire et hop, en un coup de vent, les voilà repartis, pas le temps de faire plus ample connaissance.

Mme Germaine se montrait pleine d'espoir. Elle négociait le prix de la maison mitoyenne de son établissement pour mieux la vendre dans quelques mois et ajoutait, à propos de ses voisins :

– Ces braves gens ne sont jamais revenus. On ne sait pas ce qu'ils sont devenus : c'était un couple de personnes âgées, la dame était grabataire et tout laisse à penser qu'ils n'ont jamais survécu aux obus. Quand la ville a été bombardée, c'était l'enfer. Terrible ! Tout le monde est parti, c'était invivable. J'ai libéré mes filles et suis allée trouver refuge chez une de mes amies à Paris. À mon retour, j'ai ramené dans mes bagages une petite Bretonne. Tenez, regardez là ! Palmyre, venez saluer nos amis !

La petite s'exécuta par un petit signe furtif de la main et un haussement d'épaules comme pour excuser l'empressement de son client, puis disparut derrière les tentures qui séparaient le salon d'accueil de l'escalier menant aux chambres.

– Je ne sais pas ce qu'elle leur fait, mais ils se battent tous pour l'avoir. Vous verriez sa petite frimousse et ses yeux coquins, on dirait encore une jouvencelle… mais son secret, c'est qu'elle les fait rire ; l'amour, commissaire, c'est pas une question de techniques, les hommes avec les femmes, c'est pareil : il faut d'abord qu'ils les fassent rire, qu'ils les mettent en confiance et s'ils ne sont pas trop vilains, alors c'est gagné !

Amiens se relevait de ses ruines. Nous en avions été les témoins tout l'après-midi. Jour après jour, les stigmates de la guerre s'estompaient pour laisser place nette à des visiteurs d'un genre nouveau : les touristes de mémoire. Ils étaient de plus en plus nombreux, ces Anglais, à traverser la Manche pour mettre leurs pas dans ceux de leurs compatriotes morts sur la terre de Somme. Retrouver l'âme de tous ces disparus, penser à tous ceux que la mort a épargnés mais que la vie, la vraie vie n'a plus voulus, c'était leur désir le plus fort. Pendant les deux dernières années de la guerre, Amiens fut une ville anglaise avec ses noms de rues aux consonances britanniques, ses magasins remplis de produits *made in home.* En terre de Somme, ils furent plus d'un million d'hommes tués ou blessés : hachés, coupés, vidés, mutilés. Plus d'un million à souffrir dans leur chair, un instant ou des années entières. Un million, ce n'est pas rien, c'est même beaucoup, et c'est même un record à bien y réfléchir. La souffrance d'un seul homme, c'est déjà trop, on ne peut pas la multiplier, alors on l'additionne une à une ; une récurrence terrible, un million de fois insupportable. Dès lors, comment comprendre qu'au lieu de fuir à jamais cette maudite terre, on viendrait du monde entier comme attirés par une malignité insaisissable ? peut être simplement pour comprendre ce qu'était l'enfer ? Les gens d'ici, ça ne leur plaisait pas que les étrangers piétinent leurs géraniums pour glaner un renseignement ou un souvenir. D'abord, ils n'avaient rien demandé et puis, cette guerre, ils auraient aimé ne plus y penser. C'est pourquoi, ces touristes de mémoire n'étaient pas toujours les bienvenus. On les tolérait mais si on avait pu s'en passer, on s'en serait passé. Et puis, leur manie de ramasser la terre de Somme pour la glisser dans des petits sachets frisait le ridicule. Mais ces Anglais, rien ne les arrêtait, ils voulaient exhumer eux-mêmes leurs parents ou leurs amis. On les voyait quitter Amiens, armés de pelles et munis de cartes. Ils n'avaient qu'un nom à la bouche : « Thiepval ». Dieu merci, l'armée veillait et repoussait sans ménagement cette horde pacifique, dégoulinant de bons sentiments. Les champs d'honneur étaient interdits aux visiteurs. L'exhumation des corps des soldats morts prendrait des années et chacun devait le comprendre. Les touristes, c'est impatient, ça voulait tout voir tout de suite. Les touristes, c'est bête par nature. Alors comme ils n'avaient pas accès aux tranchées, ils s'inventaient des histoires, et de retour au pays, tricotaient des légendes, certaines étaient tenaces comme celle qui laissait penser qu'il suffisait de grimper en haut des tours de la cathédrale pour découvrir, muni d'une simple paire de jumelles, le théâtre des combats de 1916.

Les Amiénois en rigolaient, d'ailleurs ils riaient de tout. Ils buvaient et ils riaient. Ils chantaient et ils riaient. Alors les invalides, sentant venir l'oubli, méditaient sur ces temps nouveaux desquels ils seraient exclus ; ils rabaissaient leur caquet, rangeaient dans les rayons de leur mémoire les souvenirs de 1914 et se félicitaient qu'on daigne malgré tout leur accorder une journée pour faire les fiers, pour parader dans les rues avec un seul espoir, celui que leur sacrifice n'ait pas été vain.

*

* *

– Ils veulent des monuments, eh bien ! ils les auront mais faudrait pas qu'ils nous emmerdent trop longtemps avec tous leurs faits d'armes, il faudrait aussi qu'ils comprennent une bonne fois pour toutes que la guerre est finie et que ces histoires ne nous intéressent plus.

Mme Germaine était agacée, ce qui semblait amuser le commissaire. Les premiers signes de fatigue se faisaient sentir et je commençais à entrevoir le moment opportun où il nous faudrait quitter cet endroit quand je la vis tout à coup disparaître quelques instants dans l'arrière-pièce située près du bar.

– Tenez, écoutez-moi ça, nous lança-t-elle, en dépliant un journal, une fois revenue de sa cachette. Je vous lis ce qu'ils osent écrire dans leur presse... le *Dimanche*... C'est l'organe officiel de l'évêché, écoutez : *Des danses nouvelles et d'origine étrangère tendent à s'introduire à Amiens. Elles se nomment « tango », « two steps » et « fox-trot ». Nous les condamnons, nous les réprouvons et nous déclarons que les chrétiens ne sauraient les danser sans violer les lois évangéliques. On se demande ce qu'est devenu le sérieux de la vie quand on voit au lendemain des hécatombes de tant de jeunes gens tombés au champ d'honneur, les mères, les sœurs, les parents de ces glorieux morts chercher dans les plaisirs défendus l'oubli de la douleur et s'exposer à y perdre la leçon et le fruit de tant d'héroïsme...* Vous avez noté que c'est toujours aux femmes qu'ils s'en prennent... Mais au fait, commissaire, je ne vous ai pas demandé comment allait votre petit protégé... le jeune policier... celui avec lequel vous étiez venu la dernière fois, en juillet ?

J'ai pensé à Mistral, n'imaginant pas le commissaire en d'autre compagnie que celle de notre jeune collègue. Marchand détourna son regard. C'est peu de dire qu'il ne s'attendait pas à cette saillie. Il chercha ses mots et ne sut que murmurer un lapidaire « ça va bien ! » Puis, en faisant mine de bâiller, me proposa de regagner nos chambres en prétextant que la journée du lendemain serait épuisante. « Enfin ! pensai-je, pas trop tôt ! » Depuis deux longues heures, j'attendais ce moment. Il m'arrivait parfois de promener mon regard sur le mobilier du salon d'accueil. Un velours vert couvrait de généreux canapés. Mais quand une de ces filles traversait le salon en tenue légère, une force invisible captait mon attention. Je me sentais attiré, vacillant, comme si le Malin me mettait à l'épreuve en m'incitant à la volupté. Une image incongrue se formait dans mon esprit, celle d'Hortense, mon aînée dans un accoutrement identique ; les reins harnachés d'une guêpière, les jambes couvertes de bas noirs et les seins tendus comme des appas offerts aux regards concupiscents des clients ; une image sordide que j'essayais en vain de chasser de mon esprit, honteux de l'avoir invitée.

Pendant ce temps, Mme Germaine continuait sur sa lancée à maudire sous forme d'imprécations tout le clergé de notre Église. J'aurais aimé avoir la force de conviction et quelques talents d'orateur pour lui signifier le dégoût que son artisanat m'inspirait. Mais je me contentais d'opposer à sa diatribe un silence assourdissant, cet oxymore pour souligner d'autant la bassesse de l'endroit, son caractère ignominieux.

Dans la nuit, alors que le sommeil m'engourdissait, mon attention fut attirée par des cris venant de la rue : une querelle opposait deux clochards qui s'envoyaient à tue-tête des noms d'oiseaux sans grand souci de civilités. Cette scène me fit sourire et perdre le sommeil. Je repensais à Germaine Husson, à son commerce, à l'attitude du commissaire lorsqu'elle fit allusion à Mistral. Quel besoin avait-il eu de l'emmener dans un pareil endroit ? Pourquoi lui avoir offert le spectacle de jeunes femmes nues ? J'imaginais que notre jeune collègue devait, comme tous les hommes de son âge, rechercher le grand amour, celui qui nous accompagne jusqu'à la mort, un amour identique à celui que j'avais pu trouver dans les bras de Madeleine et quelles que fussent par la suite ses vicissitudes, il demeurerait vivant dans cette éternité singulière qu'étaient nos deux pauvres vies.

*

*   *

Mardi, deuxième jour de notre séjour à Amiens.

Herménégilde Marchand ne m'avait pas menti quand il m'annonça le lendemain matin, au petit déjeuner, entre deux gorgées de chocolat, l'invitation de l'évêque à venir partager son repas après l'angélus de midi. Aussi incroyable que cela puisse paraître, ces deux-là se connaissaient et s'appréciaient. Leur amitié datait des années de service militaire dans l'artillerie, de ces quelques mois passés ensemble avant qu'Herménégilde Marchand ne soit contraint de quitter l'armée pour des raisons que nous ignorions tous et que le commissaire n'évoquait jamais.

Aucun des deux n'ayant la passion des armes, l'évêque et lui avaient tacitement convenu de se battre sur le terrain des idées, moins dangereux mais tout aussi excitant. Ces joutes oratoires auxquelles s'ajoutaient de longues péroraisons avaient cimenté leur amitié. Ils ne s'étaient pas vus depuis le printemps dernier et quand ils se retrouvèrent ce mardi-là, à ma grande surprise, ils tombèrent dans les bras l'un de l'autre avec force tapes dans le dos et chaudes accolades. Cette proximité faite de gestes inhabituels chez le commissaire m'incommoda : voir deux hommes se livrer à cette manifestation, réservée d'ordinaire aux couples, troublait mes pensées. Mais j'avais lu dans certains livres que les gages d'amitié, quand ils sont donnés avec une telle sincérité d'âme, sont aussi éternels que l'amour. Mes sentiments, tout le temps que dura le repas, furent empreints d'un curieux mélange fait de dévotion pour l'homme d'Église et de réprobation envers le commissaire qui semblait s'amuser de mon trouble. Mon désintérêt pour leur conversation grandit dès lors qu'ils évoquèrent leurs années de jeunesse, celles au cours desquelles ils s'étaient connus avec ce florilège d'anecdotes que le temps avait su lisser. Entre la salade et le fromage, l'évêque fit allusion aux préparatifs des fêtes qui devaient honorer la canonisation de Jeanne d'Arc en cette année 1920 ce qui conduisit le commissaire à s'interroger sur l'appropriation d'un tel personnage par l'Église, « d'autant, soulignait-il, comme pour titiller son ami que ce Cauchon, ton confrère, si je ne m'abuse, n'a pas contribué à redorer le blason de l'Église en livrant notre égérie à ces couillons d'Anglais ».

Après le dessert, le bedeau nous rejoignit et l'évêque lui ordonna d'ouvrir les châsses de la cathédrale à mon intention. Je le remerciai vivement et les quittai avec plaisir et soulagement, persuadé que leur conversation s'éterniserait jusqu'à l'heure vespérale, à laquelle le prélat devait enfiler sa chasuble et reprendre l'office imposé par sa charge.

18

– On piétine ! inspecteur, on piétine !

Herménégilde Marchand manifestait depuis quelques jours une impatience à laquelle se mêlait de la colère sans que je sache laquelle des deux l'emporterait, comme ces jours d'hiver où la neige et la pluie se disputent le mauvais temps. Et pour comble de malheurs, la voiture montrait des signes de fatigue. Elle avançait en toussotant des petits halos de fumée grise. Mais, le mécanicien se voulut rassurant :

– Pas bien grave, je vais vous arranger tout ça, le temps de tout vérifier et dans deux heures, c'est prêt. Une question d'honneur, commissaire !

De l'honneur et du courage, notre homme n'en manquait pas. Il se disait dans tout Doullens qu'il avait sauvé un de ses compagnons d'infanterie au mépris des balles ennemies. Mais la guerre ne lui inspirait aucune nostalgie et, somme toute, il n'avait fait que son devoir. Alors, de médaille, de récompense, il ne voulait pas en entendre parler. Qu'il soit encore en vie suffisait à son bonheur !

*

* *

Le paysage se morcelait en vallons au creux desquels se nichaient des hameaux perdus qu'on devinait derrière des haies de peupliers. À l'horizon, nous apercevions les bois communaux au-dessus desquels les corbeaux tournoyaient comme las de cet été sans fin. Octobre s'annonçait maintenant, mais la lumière ressemblait à s'y méprendre à celle qui noyait les champs, fin juillet, quand la terre est fatiguée de porter l'orge ou le blé. Au détour d'un dernier virage, le clocher de l'église de Livencourt se découpait dans un ciel d'azur. Nous touchions au but de notre visite : la rencontre de Louis Cressent, deux fois reportée par notre faute, était au programme de cette journée. Le commissaire avait insisté pour que je l'accompagne. Cela ne me plaisait guère. J'avais le sentiment qu'on perdait notre temps : l'enquête sur le double assassinat de la rue du Vert-Bout n'avait pas avancé et je le rendais responsable.

Au bureau, il se montrait irascible envers notre jeune collègue, le policier Jules Mistral. Je sentais ce dernier de plus en plus malheureux, se refermant sur lui-même, tellement différent de celui qu'il était quelques mois auparavant. Il avait perdu toute trace de ce sourire angélique et de ce caractère enjoué qu'il avait gardé de son adolescence et dont le commissaire avait souhaité qu'il se départît. Un jour, Marchand avait lâché : « N'a pas cassé trois pattes à un canard, celui-là !... Un toutou à sa maman ! Avoir ça dans la police, c'est pas Dieu pensable. » Je ne relevais pas ses propos quand il s'en prenait aussi ouvertement à notre collègue. Peut-être agissait-il de la même manière envers moi quand j'étais absent du bureau ?

La veille au soir au moment de fermer les portes du 35 de la rue d'En-Haut, j'avais compris que Mistral m'attendait. Peut-être avait-il envie de me parler ? Préoccupé par le diagnostic alarmant que le Dr Saindec avait communiqué à Madeleine sur l'état de santé de Cécile, j'éprouvais le besoin de m'épancher sur le sort de notre benjamine. En quelques mots, je lui expliquai comment nous nous étions aperçus que sa colonne vertébrale présentait une déformation importante : une scoliose dont le risque de la voir s'accentuer à l'entrée dans l'adolescence était pris très au sérieux par le docteur. Bien que le sujet fût grave, je le sentis comme heureux de pouvoir me parler. C'est avec beaucoup d'émotion qu'il évoqua son village de l'Aude perdu dans les montagnes en fond de vallée. Puis il me relata que sa petite voisine avait été corsetée dans une armure en bois, pour maintenir droite la croissance de sa colonne vertébrale pendant deux longues années sur un lit d'hôpital à Port-la-Nouvelle. Comme je lui demandais où se situait cette bourgade, il me répondit qu'elle se trouvait en bord de mer, au sud de Narbonne. L'air marin et l'artéfact de l'armure en bois avaient fait d'elle aujourd'hui une belle et grande jeune fille. Puis, il me fit part, pour la première fois, de son possible retour au pays. Il voulait revoir les murailles de son château. Je sentis sa gorge se nouer à l'évocation de ce petit paradis et compris à cet instant que des mots étaient là, près des lèvres, des mots prêts à sortir mais comme retenus par des rênes invisibles. Et comme les mots ne venaient pas, les larmes s'invitaient. C'est alors que je commis la maladresse de lui poser la main sur l'épaule dans une intention dont il se méprit sur le sens et qui expliqua la soudaineté de son départ. Je restai immobile, consterné, sans pouvoir trouver d'explications à son attitude, sans chercher à le rattraper. Le lendemain matin, il avait de nouveau le visage fermé, celui des mauvais jours, celui de tous les jours. Quand il m'aperçut, il s'écarta de mon chemin pour ne pas avoir à me saluer. À l'évidence, il me tenait toujours rigueur de ce geste maladroit. J'en conçus beaucoup d'amertume et ne songeai plus à m'en excuser.

Je pensais à Blaise Godard, l'inspecteur de l'Instruction publique ; lui avait su protéger son jeune maître au moment où le scandale allait l'éclabousser et j'en voulais de plus en plus à Herménégilde Marchand. Tout était de sa faute. Loin de venir en aide à notre jeune collègue, il se moquait de plus en plus ouvertement de sa sensibilité. Jules Mistral avait beaucoup maigri ces dernières semaines, ses traits s'étaient creusés et je redoutais de plus en plus qu'il ne tombât malade.

*

*   *

Dans la salle de classe communale régnait une chaleur étouffante : un poêle à bois trônait au centre de la pièce. Un garçon d'une dizaine d'années à peine, armé d'un tisonnier, offrait au feu gourmand une bûche de bois sec. Comme je m'étonnais de la nécessité d'allumer un tel feu alors que la journée s'annonçait clémente, il me fut répondu par un grand de fin d'études que la cheminée avait été ramonée la veille et que le maître, prudent et avisé, voulait vérifier à la récréation la qualité du tirage. Satisfait de sa réponse, je lui souris et rejoignis le commissaire qui patientait, assis sur un banc d'écolier au fond de la pièce. Louis Cressent en finissait avec la dictée pour les plus grands. J'imaginais ma petite Cécile au milieu de ces élèves. Comme elle serait heureuse de pouvoir jouer comme tous les autres enfants ! Hélas, sa santé ne lui permettait pas de suivre une scolarité normale. Elle devait rester à la maison et c'est Hortense, mon aînée, qui l'instruisait en toutes choses. Aux murs dépolis de la classe s'affichaient deux grandes cartes géographiques, l'une représentait nos territoires coloniaux en Afrique occidentale française et l'autre, notre département de la Somme sur laquelle le maître avait dessiné une ligne sinueuse comme un liseré rouge pour délimiter le front allemand en 1916.

À notre arrivée, les élèves s'étaient levés en signe de politesse, puis s'étaient assis de nouveau quand Louis Cressent leur en avait intimé l'ordre. Du plus grand au plus petit, ils replongèrent, la tête la première, dans leurs manuels, hormis ceux que la dictée concernait. Dans ces petites têtes blondes et brunes, derrière l'ennui, naissaient, à n'en pas douter, des rêveries d'enfant. L'araignée qui tissait sa toile entre les croisillons des fenêtres, le mulot qui se faufilait derrière le meuble à cartes : tout était prétexte à distraction. Après avoir ouvert les grandes portes de l'armoire sur les étagères où le maître avait aligné les livres de gloire des auteurs républicains, une des élèves parmi les plus grandes rangeait les ouvrages empruntés au cours de la semaine précédente. Alain Fournier et Louis Pergaud, de là où ils nous regardaient, devaient s'en réjouir. « Encore deux dont la guerre s'est repue », pensai-je à l'évocation de leur nom par une élève qui ressemblait à ma benjamine.

Les plus grands, ceux du certificat d'études, fomentaient leur plan pour demain jeudi, jour de liberté. Ils se retrouveraient à l'angélus du matin, devant l'église d'Arquênes et de là partiraient sillonner la campagne. Les labours achevés, la terre retournée avait livré des trésors inouïs : des balles, de vraies balles, des milliers de balles laissées à l'abandon. Le village d'Arquênes, dans sa partie haute, avait accueilli un cantonnement de munitions que l'armée cachait là dans cet endroit névralgique, tenu secret. Quand le train qui devait les amener au front était bondé, les soldats ne pouvaient compter que sur leurs jambes pour rejoindre le feu. Alors tout au long de leur parcours, ils semaient à foison ces morceaux de ferraille remplis de poudre en privant leurs lebels de munitions. Mus par l'espoir que ces balles, comme les cailloux du Petit Poucet, les aideraient à retrouver leur foyer, ils cheminaient tête basse, jusqu'à Albert.

*

* *

–Allez, rangez-vous!... Vous pouvez sortir.

Les élèves se regardèrent, éberlués, si peu habitués à bénéficier d'une seconde récréation au cours des matinées de classe. Le maître les toisa avec une autorité naturelle et chacun s'empressa de rejoindre ses camarades dans la cour de récréation sans attirer l'attention, de peur qu'il ne revînt sur sa décision. Tandis que nous l'interrogions, Louis Cressent se plongeait dans ses souvenirs, sans négliger pour autant la surveillance de son petit monde.

–Nous étions trois cents, à peu près, issus de ce qu'il restait de plusieurs régiments et nous nous sommes battus jusqu'au bout. Mais devant le nombre de nos assaillants et la puissance de leur feu, il a fallu se rendre à l'évidence et déposer les armes. Prisonniers! Voilà, c'était fait! La mort dans l'âme, nous devions ravaler notre orgueil et subir les privations et les humiliations... Au début, c'était très dur. Nous étions en décembre 1916 et venions de perdre Douaumont. Les Boches nous ont séparés de nos officiers, comme on sépare le bon grain de l'ivraie. Alors, nous, les simples poilus, première et deuxième classes, nous nous sommes retrouvés orphelins, perdus sans nos chefs. La guerre, pour nous, était finie. Nous devions accepter notre sort, mais ça n'était pas facile. Les semaines ont passé et je me suis habitué à cette situation. Elle n'était pas glorieuse, mais au moins j'étais encore en vie.

–Vous étiez en Allemagne?

–Oui! pas très loin de la frontière, à une centaine de kilomètres.

–Et que faisiez-vous?

–J'ai cherché à me rendre utile et comme avant la guerre, j'avais été maintes fois à côté de nos paysans, surtout au moment des moissons, je connaissais tout des travaux de la ferme. C'est pour cette raison que j'ai été affecté dans une de celles qui étaient à proximité du camp de base. Elle était tenue par des personnes d'un certain âge. Ils avaient toutes les raisons du monde de me détester : un de leur fils était mort et l'autre combattait quelque part en France mais pas moyen de savoir où.

– Avez-vous pu discuter avec eux de la guerre ?

– Non, non. En vérité, ils se sont toujours montrés distants.

– Et méfiants !

– Je ne dirais pas cela. Quelques mots accompagnés de gestes pour me faire comprendre ce qu'ils attendaient de moi. Quelques regards échangés furtivement pour dire une indifférence dénuée de mépris, voilà c'est tout !

– Il s'est rien passé d'autre ?

– Non, rien d'autre ! Je suis revenu en juin 1919 et j'ai repris la classe à la rentrée qui a suivi et le secrétariat de la mairie quelques mois plus tard.

– J'ai appris que vous vous étiez fiancés cet été. Félicitations !

– Merci !

– Et comment se prénomme l'heureuse élue ?

– Amélie ! Elle deviendra mon épouse au mois d'avril. Nous allons bientôt publier les bans… À mon retour de captivité, la petite fille que j'avais eu le bonheur d'avoir comme élève avait grandi et s'était métamorphosée en une jeune et belle femme. J'en suis tombé fou amoureux et nous avons échangé nos sentiments devant ses parents en mai dernier, puis nos fiançailles au mois d'août.

– Bien, mais il y a l'autre ! Edmond Masse.

– Oui, je sais et je n'arrive pas à le comprendre. Son attitude devient pénible pour tout le monde. Il se répand en grossièretés dans le dos d'Amélie. Certes, il ne va pas jusqu'à me défier ici parce que c'est un malin en vérité. Mais l'envie ne doit pas lui manquer. J'ai adressé un courrier à mon inspecteur pour lui faire part de mes difficultés.

– C'est en partie pour cela que nous sommes ici… Et votre future épouse, que fait-elle dans la vie ?

– En ce moment, elle vit encore chez ses parents. Je ne tiens pas à ce qu'on nous voie ici ensemble dans cette enceinte communale tant que nous ne serons pas mariés. Nos rustiques sont très à cheval sur les principes…

– …

– Pardon, je n'ai pas répondu à votre question. Elle prépare le concours d'institutrice et je l'aide de mon mieux. Les épreuves se dérouleront en septembre prochain. Eh oui, notre profession s'est considérablement féminisée pendant tous ces mois de guerre. Tous nos collègues morts au combat, il a fallu les remplacer. Amélie était une excellente élève avant guerre. Heureusement, elle n'a pas lâché ses études et les a poursuivies, seule, au cours de ces longs mois pendant lesquels j'étais prisonnier.

– C'est remarquable, d'autant que les occupations ne manquent pas à la campagne.

– Oui, il y a toujours de quoi s'occuper, mais c'est surtout son frère qui l'a accaparée. Il est aveugle !…

– Est-ce lui qu'on a vu en sortant de la voiture ?

– Oui, c'est bien lui. Je vous attendais et, de temps en temps, je jetais un coup d'œil à la fenêtre. Au moment où vous êtes arrivés, je l'ai aperçu. Je ne sais pas comment il fait pour ne pas se perdre, il a très vite trouvé ses propres repères.

– La guerre ?

– Oui ! Les gaz !… Les yeux brûlés par l'ypérite… en 1917. Il a souffert le martyre, le pauvre. Il y a de quoi inspirer la compassion… Notre maire avait pris langue avec les autorités médicales de l'hôpital d'Arquênes pour qu'on puisse continuer à le soigner.

– Arquênes, à côté d'ici !

– Oui, à une lieue de distance, exactement... nos communes sont limitrophes. À partir de l'année 1916, Arquênes possédait son hôpital de campagne.

– Ce n'était pas très loin du front !

– Oh, non, à peine quinze kilomètres... Après chaque combat, il fallait trier tous ces malheureux. Selon la gravité de leur blessure, on les orientait différemment. La première catégorie, c'était les mourants, il suffisait, hélas, de patienter quelques heures et Dieu se chargeait d'eux. La deuxième, c'étaient les blessés pour lesquels la guerre était définitivement terminée.

– Les plus graves, je suppose.

– Oui, et pour eux, direction Amiens et ses trente-cinq hôpitaux... débordés, vous l'imaginez : les gueules cassées, les culs-de-jatte... Tout ce monde était pris en charge pour des soins qui pouvaient durer souvent plusieurs mois, avant le retour définitif à la maison. Après, c'était aux familles de s'en charger avec la pension que l'État leur octroyait. La troisième catégorie : des blessés, amochés, certes, mais aptes au service après quelques semaines, voire quelques mois, de repos. Pour eux direction Bray-sur-Somme puis la Côte d'Azur ou la Bretagne, bien loin des combats. On les soignait, on les bichonnait et puis, le moral revenu, ils pouvaient rejoindre leurs régiments.

– Et la dernière catégorie concernait Arquênes, je suppose ?

– Oui ! À Arquênes arrivaient des malades ou des blessés légers : une luxation, une balle perdue dans une cuisse, des diarrhées chroniques. Rien de grave : ils pouvaient supporter des conditions spartiates pour quelques jours, au plus quelques semaines. On les remettait sur pied, puis dix jours de permission pour les plus chanceux et ensuite : retour au feu. C'est pourquoi ces hôpitaux de campagne étaient si près du front. Sur la route d'Arquênes à Albert, les gens pouvaient voir défiler jour et nuit une noria de camions de la Croix-Rouge qui acheminaient les blessés... Cette bataille de la Somme aura fait cinq cent mille morts et autant de blessés qu'il a fallu sortir des ornières, laver, soigner et trier.

– Et le frère d'Amélie, ou a-t-il été blessé ?

– Près de Soissons. Le drame dans cette histoire, c'est que, quand il est parti de Livencourt un lundi, il n'avait pas encore endossé son uniforme, et trois semaines après, il était de retour au pays, aveugle pour toujours.

– Pas de veine, finit par lâcher le commissaire que la faim commençait à tourmenter.

Au moment où nous lui tournions les talons pour lui faire comprendre notre intention de partir, il crut bon de préciser :

– C'est le Dr Claude Blanchard qui l'a soigné. Il a fait tout ce qui était en son pouvoir pour le guérir, mais pour les yeux, c'était trop tard. Un chic type ce Claude Blanchard, très estimé. Je ne l'ai pas connu mais les gens d'ici s'en souviennent... Il ne tenait pas en place, toujours en train de courir jusqu'au jour où il a disparu et depuis on n'a plus jamais entendu parler ni de lui, ni de sa fiancée. Dans le village, il se disait qu'il habitait à Doullens.

Le commissaire se tourna vers moi et nous nous regardâmes avec une intensité inhabituelle soutenue par une émotion que nous avions beaucoup de peine à masquer.

– Quel nom avez-vous dit ? demanda-t-il pour s'entendre confirmer :

– Blanchard, Claude Blanchard.

19

Le lendemain, au 35 de la rue d'En-Haut, régnait une atmosphère de légèreté qui contrastait avec celle ressentie les jours précédents. Le commissaire, en pénétrant dans les locaux, arborait un large sourire et rameuta tout son monde pour une réunion exceptionnelle qui devait se tenir, toutes affaires cessantes, dans la salle des interrogatoires. Chacun se persuadait que les nouvelles seraient aussi bonnes que son humeur. J'étais le seul à en connaître les raisons mais il ne m'appartenait pas d'informer nos collègues de cette heureuse découverte : nous avions enfin un nom. Comme elle le faisait tous les matins, sans se soucier de l'ordre du jour, Adélaïde avait installé le petit déjeuner d'Herménégilde Marchand en distribuant son sourire aux présents.

– Cette fois-ci, nous tenons le bon bout ! Nous connaissons notre homme !

Le commissaire ne boudait pas son plaisir. Comme un enfant jubilant d'impatience, il se frottait les mains et chacun se félicitait de sa bonne humeur. Il y avait longtemps qu'il n'avait pas manifesté une telle joie. Je restais à l'écart, les mains croisées sur le ventre et m'amusais à les dévisager les uns après les autres avec cette distance dont je sentais qu'avec le temps elle grandissait. Cette attitude n'était ni de l'indifférence ni du dédain mais plutôt le désir de me démarquer d'eux. L'éducation que j'avais reçue de ma mère, cette femme austère et inflexible, m'avait à jamais façonné et, quels que fussent les événements heureux, ou malheureux, que le 35 de la rue d'En-Haut eut à connaître par la suite, je garderai toujours cette distance sans laisser deviner mes sentiments, sans manifester la moindre empathie. Ils étaient heureux, nos hommes, ce matin-là. Cela faisait plusieurs semaines que nous piétinions et les tensions se révélaient au travers de discussions au centre desquelles les méthodes du commissaire faisaient souvent l'objet de critiques et, de mon point de vue, elles étaient amplement justifiées.

Tout à coup, je m'aperçus qu'il manquait. Jules Mistral n'était pas là. C'était d'autant plus curieux que je l'avais croisé plus tôt dans la matinée et salué comme il se devait, un salut qu'il m'avait rendu sans un sourire, sans un mot. Je ne saurais encore aujourd'hui expliquer les raisons qui m'ont poussé dans l'escalier pour aller à sa rencontre. Mais quand je le retrouvai dans un des bureaux du deuxième étage, je fus consterné par son anéantissement. Il était prostré dans un coin de la pièce, les mains sur le visage, en pleurs, le corps secoué de soubresauts, avec des vagissements pareils à ceux d'un jeune enfant. Je restai interdit, ne sachant que faire, malheureux de ne pouvoir le consoler de peur qu'il ne réagît comme la fois dernière… Et le consoler de quoi ?… de quel malheur ? Ne sachant que dire, je reculai de quelques pas dans le corridor et de là, bien en retrait de la porte, je l'appelai en forçant la voix :

– Mistral, on est en réunion avec le commissaire, on vous attend en bas dans la salle des interrogatoires.

*

* *

Le commissaire avait déposé devant nous cinq feuilles et sur chacune d'elles, il inscrivit en capitales les prénoms qui étaient évoqués dans les lettres. Il ajouta sur une sixième feuille le nom de Blanchard. Dans un geste théâtral, il fit glisser celles qui associaient le nom et le prénom de la victime.

– Voilà, messieurs, à quoi nous avons abouti hier, à Livencourt. Six semaines de patience, et enfin la récompense, voici notre première paire : Claude et Blanchard. Maintenant, à nous de jouer, le plus difficile est fait.

Le commissaire avait omis de dire que ce premier résultat était le fruit du hasard le plus incroyable et qu'en aucun cas il n'était à mettre au crédit de ses méthodes. Poursuivant sa mise en scène, il se saisit de quatre nouvelles feuilles au verso desquelles, il dessina avec un luxe de lenteur un point d'interrogation.

– Messieurs, nous avons encore quelques semaines avant l'hiver pour boucler cette maudite affaire. Alors, il n'y a pas de temps à perdre. Dans quelques jours, je me rendrai à Arquênes quand nous aurons pu fixer un rendez-vous avec le maire du village… L'équipe du deuxième étage, vous allez prendre deux chevaux au relais et vous présenter à sa mairie, dès aujourd'hui… Et vous lui dites que je descendrai le voir jeudi de la semaine prochaine à 11 heures précises… et dites-lui bien que c'est pas négociable ! D'ici là, la voiture sera prête. Inspecteur, comme de bien entendu, vous prendrez vos dispositions pour m'accompagner.

– Est-ce que Jules Mistral pourrait venir avec nous ? demandai-je. Cela lui ferait le plus grand bien !

Le commissaire se retourna, l'air surpris, tout en faisant semblant de le chercher :

– Tiens, mais au fait, où est-il notre jeunot ?

20

– Un Chinois, qui n'est tout de même pas venu à pied de Chine, me fit-il remarquer, heureux d'avoir su glisser dans notre conversation sa contrepèterie.

Je le regardais de profil et le trouvais hideux. Sa lippe s'affaissait chaque jour davantage, comme vaincue par le temps. De nouveau, le silence s'installa dans l'habitacle de la Panhard & Levassor. Le froid s'était invité soudainement depuis le début de la semaine. En cette mi-octobre, il annonçait sans tambour ni trompette les prémices d'un hiver dont nous pouvions craindre qu'il soit particulièrement rigoureux. Ernestine avait parlé avec ses mains, maladroitement certes, mais le Dr Saindec était presque sûr qu'elle faisait allusion à un Asiatique qui accompagnait Claude Blanchard, pendant les quelques jours où elle fut son employée. La présence de cet étranger, dans l'entourage du docteur, peu de temps avant sa disparition, était un élément à prendre en compte avec beaucoup de circonspection tant il paraissait inexplicable. Non pas que la région en fût dépourvue, loin s'en faut.

– ... Plus de cent mille, comment rechercher notre homme dans une telle fourmilière ? se désolait le commissaire.

Ces Chinois étaient pour la plupart de pauvres coolies que l'armée britannique était allée chercher au fin fond des provinces chinoises et dont elle avait négocié le prix avec les chefs de guerre, des mafieux sans foi ni loi. Mais nos amis anglais n'avaient guère d'états d'âme. Il fallait voir comment ils administraient leurs colonies :

– Des salopards de la pire espèce ! Alors que nous, nous avons le souci de soigner et d'éduquer nos colons, guidés par la générosité et une certaine grandeur d'âme, ajouta-t-il.

Deux cent mille, c'était, en vérité, le nombre qui était le plus souvent avancé par les autorités et la plupart d'entre eux résidaient en terre de Somme. L'armée britannique ne faisait pas dans le sentiment, les chevaux et les Chinois, c'était complémentaire dans l'emploi. Quand la terre vomissait ses morts, comme après un gueuleton trop arrosé, les coolies étaient à la disposition de l'armée pour une mission particulièrement ingrate, celle qui consistait à dégager les cadavres des ornières et à mettre un peu d'ordre dans l'ensevelissement des victimes. Il fallait avoir le cœur bien accroché ou ne pas se sentir concerné pour exécuter avec méthode une tâche aussi ragoûtante. Quand le diable s'en mêle, il ne peut pas faire autrement le diable, il faut toujours qu'il force son talent : ces Chinois que les lebels ne tuaient pas, ça l'embêtait ; alors il inventa la grippe espagnole. Plus douée que les soldats, plus silencieuse que leurs armes, elle a fait son boulot, la grippe, sans se poser de questions, faisant fi de l'armistice. Aujourd'hui, ils sont des milliers à reposer à Nolette en terre de Somme, si loin de la terre qui les a vus naître.

*

* *

– Ernestine a parlé d'un docteur ?

– Ce Chinois, un docteur ! N'importe quoi ! me dit-il en s'esclaffant. Qu'est-ce qu'un Mandarin foutrait là ! Non... impossible ! Je pense que c'était plutôt un type qui l'aidait au quotidien, une sorte d'intendant... et dans ce cas, ce qui me vient à l'esprit, c'est que le Dr Blanchard, pour disposer d'un aide de camp d'origine chinoise, devait être en cheville avec l'armée britannique. Ceci pouvant expliquer cela ! Qu'en pensez-vous ?

Je le regardais tout en conduisant. En mon for intérieur, je devais admettre sa perspicacité. Décidément, il m'étonnerait toujours.

– Vous avez certainement raison, commissaire !

– N'empêche que cette histoire de Chinois dans l'entourage du docteur, ça ne me plaît qu'à moitié.

– À quoi pensez-vous, commissaire ? C'est lui qui aurait fait le coup ?

– Oui et non, c'est tentant certes, mais je ne vois pas un Chinois commettre un double crime. Ils étaient très encadrés... Non, décidément, ça ne colle pas ! Je ne sais pas dire pourquoi, mais ça ne colle pas !

– Mistral n'est pas venu ? demandai-je pour changer de conversation.

– Non, on m'a dit qu'il était souffrant ! Au fait qu'est-ce qui s'est passé la dernière fois avec lui ? On m'a rapporté qu'il était parti du commissariat en courant comme un voleur, le soir où vous étiez de garde.

Je ne m'attendais pas à une telle question. Dire que mon embarras était grand était un euphémisme. Je sentais le rouge pigmenter mes joues, et je m'en voulais de réagir ainsi. En vérité, qu'avais-je à me reprocher… ? Rien ou si peu… De la maladresse assurément. Mais qui lui avait rapporté cet incident ?… Fiquet ! Bien sûr ! Je me souvenais l'avoir croisé peu après le départ précipité de Mistral.

– J'ai… Je voyais qu'il était malheureux, il voulait me dire quelque chose, je le sentais disposé à me parler de sa souffrance et j'ai commis l'erreur de lui poser une main sur l'épaule… un geste anodin, en signe d'amitié… et brutalement il a tourné les talons et s'est enfui dans la rue.

– Il ne vous a rien dit ?

– Quand ?

– Eh bien ! quand vous étiez ensemble.

– On a parlé de tout et de rien, de ma fille Cécile, de son village.

– Et c'est tout ?

Je sentais au timbre de sa voix que cette discussion, bien qu'elle fût menée sur un ton qui se voulait calme, n'avait rien de serein. Peut-être cherchait-il à avoir la confirmation que Mistral voulait quitter notre région pour regagner son Aude natale ?

– Commissaire, je ne me souviens plus exactement des termes de notre échange, mais je peux confirmer qu'il a exprimé le désir de quitter Doullens. Cela ne vous surprendra pas.

– Et c'est tout ce qu'il vous a dit ?

– Oui, il m'a parlé aussi d'un hôpital qui pourrait accueillir Cécile si sa scoliose s'avérait plus grave.

– Inspecteur, je vous pose toutes ces questions et je peux comprendre qu'elles n'ont rien d'agréable, mais ce garçon est capable de tout et, comme je suis son chef, je sais qu'il fera tout pour me salir. J'en ai la conviction.

C'est pourquoi, je me permets d'insister : vous a-t-il parlé de moi ?

Mon embarras laissa place à la stupéfaction, ce qui, curieusement, eut le mérite de le rassurer. Puis le silence retomba dans l'habitacle de la voiture. Nous descendîmes la côte de Rinval, laissant de côté la demeure du comte de La Roche pour aborder les derniers lacets de la route, avant que celle-ci ne dessine une longue ligne droite avec, à l'horizon, les premières maisons d'Arquênes.

21

La mairie d'Arquênes se dressait avec une fierté toute républicaine au centre du village devant la mare où s'abreuvaient deux boulonnais, ces chevaux de trait puissants dont la robe grise et sale ne permettait pas de les confondre avec ceux que je voyais parader tous les matins à l'entraînement sur la place du marché pour le premier défilé du 11 Novembre. De la fenêtre du premier étage, il nous aperçut et nous fit un signe de la main que nous interprétâmes comme une invitation à le rejoindre. C'était un personnage, le maire d'Arquênes, comme sorti d'un roman de Balzac, quelqu'un qui se serait trompé de siècle. Fort comme un Turc, les bacantes en moins, il en imposait par sa corpulence. Son visage trahissait sa gourmandise pour les cochonnailles et les saindoux dont il avait négligemment laissé traîner quelques reliefs sur une tartine de pain entamée. Elle était là, posée sur le marbre de la cheminée entre une bouteille de vin et le buste de Marianne. Néanmoins, notre homme sut se montrer courtois et pour nous recevoir, il s'était déguisé en notable, troquant ses braies crottées de terre pour des pantalons de velours plus conformes avec ses fonctions de premier magistrat de la commune. Fort aimablement, il nous proposa un succédané de café, à base de chicorée, ce que nous acceptâmes de bonne grâce. La chaleur du liquide nous permit d'oublier cette impression de froid tenace que nous ressentions depuis notre départ de Doullens et qui ne nous avait pas quittés tout au long de notre périple. Pour nous permettre de mieux suivre ses indications, il avait étalé sur la table du conseil municipal une carte cadastrale représentant le territoire de sa commune.

– Les terres du haut, c'est les Masurettes et Belle-Église, l'ancien domaine des templiers et celles du bas, un lieu-dit le Blamont. Suivez-moi bien. Nous sommes ici, nous précisa-t-il en déplaçant son gros index sur un petit rectangle figurant le bâtiment communal… Vous venez d'où ?

– De Rinval.

– De Rinval par la rue du Comte-de-la-Roche ?

– Le château ?

– Oui, c'est cela, une belle bâtisse !… Ah ! ici vous n'en trouverez pas d'aussi belles !… Bon alors, vous êtes passés par la rue des Juifs, puis celle de la Grange-Brûlée, les deux rues se…

Un coup de klaxon interrompit le paysan dans son élan. Nous nous approchâmes de la fenêtre. C'était le notaire du chef-lieu de canton, M. Vuhen qui avait reconnu la Panhard & Levassor du commissaire parce qu'il possédait le même modèle. Nous l'avions reçu la semaine précédente dans nos bureaux afin d'éclaircir le problème posé par l'absence d'un acte notarial indiquant le nom du propriétaire de la maison, rue du Vert-Bout. Il s'était montré curieux, puis intrigué par notre insistance. Mais le commissaire ne voulait rien lui dévoiler, à tort me semblait-il, car cette attitude ne motivait pas ceux que nous rencontrions d'autant que ses confrères n'étaient pas dupes : ils avaient reçu de leur chambre syndicale la même demande appuyée.

– Ce Vuhen, c'est un drôle, avait ajouté le maire sans que nous sûmes précisément ce que cette remarque pouvait bien vouloir dire... Bon ! revenons à nos moutons. C'est en décembre ou janvier 1916 que j'ai commencé à comprendre que quelque chose de pas très catholique se tramait. Comment ce pressentiment m'est venu à l'esprit ? Mystère ! Auparavant, je ne m'étais rendu compte de rien. Tout avait été tenu secret dans les bureaux de l'état-major et bien que maire de la commune, j'ignorais que le nom d'Arquênes avait été retenu et figurait dorénavant dans les dossiers et pour cause, tout était confidentiel.

– Vous n'aviez rencontré personne auparavant ?

– Non, absolument personne. Pas avant ce jour d'avril 1916 et croyez-moi, ce jour-là, je ne suis pas près de l'oublier !... Un matin déboulent, ici, dans cette salle où nous nous trouvons, un colonel suivi de son escorte. Vous imaginez ma surprise... Je me demandais ce qui se passait d'autant que nous avions eu plusieurs alertes en début de mois... Un avion, le même à chaque fois, qui passait et repassait au-dessus de nos têtes, j'étais inquiet à chaque fois que je le voyais là-haut dans le ciel et puis plus rien... On ne l'a jamais revu. Le colonel, ayant senti ma gêne, me rassure et, tout de suite, me pose mille questions.

– Du genre ?

– Du genre... À qui appartiennent les terres du haut, celles du bas ? Est-ce que les paysans utilisent les pierres de la clairière pour les murs de leur maison ? Combien d'hommes valides, combien de chevaux dans les fermes ?

– Ce n'était quand même pas ces questions qui vous embarrassaient !

– Certainement pas, non... j'étais incollable et pas mécontent aussi de pouvoir les satisfaire, couillon que j'étais, tout ça, c'était du cinéma, de l'onguent pour mieux me faire mettre !... Mais sur le coup, je ne me rendais compte de rien et pas davantage quand on est sortis pour aller se promener sur les terres, celles du haut puis celles du bas. Infatigables, ils étaient ! Quand les cloches de l'église ont sonné pour annoncer les vêpres, on venait juste de rentrer dans la salle et là, je...

Le maire sortit son mouchoir pour se pincer le nez, les yeux voilés par l'émotion. Le commissaire marqua son étonnement et m'interrogea du regard.

– Excusez-moi, messieurs, avec ce froid, j'ai déjà réussi à m'enrhumer, plaida-t-il pour sa défense.

Je souris, comme une marque de tendresse envers cet homme dont je sentais que les souvenirs ravivés le jetaient de nouveau dans un passé difficile. Mais bien vite, il se ressaisit et poursuivit :

– Un des officiers a étalé une carte comme celle-ci et tout en continuant à palabrer, il a tracé de grandes zébrures avec un crayon de couleur rouge sur les terres que l'armée nous confisquait. J'étais abasourdi. Comment annoncer la nouvelle au conseil ? Vous comprenez, nous venions tous d'ensemencer quelques semaines plus tôt !

– Oui, cela a dû être un coup terrible ! ajoutai-je pour montrer que je compatissais.

– Vous comprenez, insista-t-il, toutes ces semailles anéanties par la décision d'un seul homme et bien sûr rien à dire !... Que nos yeux pour pleurer !... On se serait cru au Moyen Âge, quand les serfs, au moment de moissonner, voyaient leur récolte saccagée par les chevaux du comte et de ses invités pour le seul plaisir de la chasse... Comme un manant, j'ai essayé de les convaincre, les terres qu'ils nous prenaient, c'étaient les meilleures, des terres chaudes comme le ventre des femmes, bien limoneuses, celles qui assuraient le meilleur rendement... Moi, j'étais prêt à les échanger contre le bief, ils auraient eu plus d'espace… mais comme le maquignon qui ne veut pas s'en laisser compter, il m'a regardé et m'a fait non de la tête. C'était bien dommage, parce que le bief, c'est des terres froides… de l'argile… Les blés y poussent quand même, mais les épis font pitié, le grain est dur comme la pierre et la farine, elle est pas belle à voir. Le bief, c'est pour nos pauvres, nos nécessiteux et leurs parcelles, elles font pas plus de trois ou quatre hectares. Mais ces considérations ne leur faisaient ni chaud ni froid. Pas un seul fils de paysan dans cette escouade. Ils m'ont regardé comme si j'étais un mendiant avec sa sébile. Et dans leur regard, croyez-moi, il y avait pas beaucoup de pitié, rien que du mépris. Moi sur ce coup, c'est ma réélection que je jouais !

– Mais pourquoi votre commune et pas une autre ?

– Alors là, seul le dieu de la bureaucratie militaire, s'il existe celui-là, pourrait vous répondre… Ce que j'ai compris plus tard c'est que l'état-major voulait mettre de la distance entre le front et les dépôts de munitions, pas trop près… mais pas trop loin non plus. Nous ici, on était à la bonne distance… trois lieues pas beaucoup plus.

– Ce qui fait treize ou quatorze kilomètres.

– Oui, pardonnez-moi, mais ici on compte toujours dans nos vieilles mesures. En vérité, c'étaient nos muches qui les intéressaient… nos souterrains si vous préférez.

– Ah, vous en avez aussi, ici, chez vous.

– Oui, et puis des grandes, bien cachées, à dix mètres sous terre… Vous voyez la carte, elles n'y figurent pas… mais en vérité, elles sont bien là, le long du chemin, celui-ci… Vous le voyez ? Nos anciens lui ont donné le nom de « tour des Haies ». Pour nos rustiques, ces muches, c'est toujours l'occasion de raconter des histoires des temps passés, mais c'est plus des légendes que la réalité. À les entendre, les Espagnols ont envahi l'Artois parce que dans la Somme, il n'y avait plus âme qui vive. C'est à cette époque que François Ier a édifié la citadelle de Doullens, la ville était devenue la frontière du royaume de France… Il paraît aussi qu'à chaque invasion, nos ancêtres s'y cachaient avec force provisions et toutes les bêtes. J'ai parfois du mal à y croire mais les vieux, ils disent que si… que c'était vrai. Et pendant que là-haut, à dix mètres au-dessus de la tête de nos paysans, les envahisseurs se demandaient bien où ils pouvaient se cacher, les autres, sous terre, attendaient. Ils patientaient des semaines, parfois ça pouvait prendre plusieurs mois, mais ils avaient le temps. Comme les greniers étaient vides, et qu'il n'y avait pas de filles à trousser, les soudards ne s'éternisaient pas longtemps dans les parages. Seuls les habitants d'ici connaissaient les entrées et les sorties des muches. Un beau jour, les guetteurs leur faisaient signe de remonter ; tout danger était écarté, alors la vie reprenait ses droits. Ne vous étonnez pas si les gens d'ici sont pas très loquaces avec les étrangers, c'est des taiseux ! Faut les comprendre, ils demandent rien à personne et tous les trente ans on vient envahir leurs terres : croyez-moi, les Boches, ils peuvent toujours demander pardon, c'est pas demain la veille qu'on les recevra !

Ce qui me surprenait dans l'attitude du commissaire, c'était cette patience qu'il manifestait depuis quelque temps lors des entretiens que nous étions amenés à conduire dans le cadre de cette enquête. Ce n'était pas lui, cette placidité ne lui correspondait pas. Il était absent, cela se voyait comme le nez au milieu de la figure. Tout à son affaire, le maire poursuivait sans trop se poser de questions sur l'intérêt que ses propos suscitaient. Il régnait dans la pièce une chaleur agréable et l'homme était sympathique. Cependant nous n'avions pas encore obtenu les renseignements qui nous permettraient de mieux cerner la personnalité de Claude Blanchard et ceux concernant les relations que le docteur entretenait avec les habitants de la commune.

– Monsieur le maire, le Dr Claude Blanchard, vous l'avez connu pendant la guerre. Quelle sorte d'homme était-ce ?

– J'y viens inspecteur, mais laissez-moi vous raconter la fin de mon histoire. Quand le colonel et sa clique ont quitté la mairie, j'avais les jambes flageolantes, je ne savais pas comment annoncer la nouvelle à mes administrés. Je ruminais des nuits entières sans me décider. Un soir, début mai, soit trois semaines après leur visite, j'entends comme un ronflement de moteur. Je me demandais qui faisait ce raffut, je saute de mon fauteuil et me précipite dehors : et là, qu'est-ce que je vois ? Une noria de camions, tous feux allumés. Personne n'avait été prévenu. L'hôpital de campagne, la voie ferrée, les dépôts de munitions, tout s'est mis en place en quelques semaines. Ah, croyez-moi, ils n'ont pas chômé. L'armée s'est installée comme si elle était chez elle : nos terres, les plus limoneuses, ont été préemptées, le chemin du tour des Haies barré, la mairie occupée et moi, je n'avais plus qu'à chercher une salle pour réunir mon conseil. Heureusement mon adjoint qui tient le café des Masurettes… vous avez dû passer devant tout à l'heure… Il a mis à notre disposition la salle contiguë au café… Cette salle, c'est notre salle des fêtes, on y danse le 14 Juillet et au mois d'août pour la fête du village, le dimanche qui suit l'Assomption. Ma mairie occupée, rendez-vous compte ! Cette histoire m'a foutu un coup au moral. Depuis 1870, notre salle du conseil, c'était comme un sanctuaire, une seconde église et un peu ma maison aussi, parce que mon propre père avait été maire avant moi. Quand j'ai pris sa place, je lui avais fait le serment d'être un bon maire pour tous mes administrés. Je ne vous dis pas la colère de nos paysans, j'imaginais le pire, mais là, ça dépassait les bornes, j'ai dû en calmer plus d'un. Ils voulaient recommencer 1789. Quant à nos pauvres, ceux du bief, c'était différent, ils ont vu cette invasion comme une revanche du destin, alors ils ont été très accueillants avec ce beau monde et, bien sûr, ils ont vite compris tout le bénéfice qu'ils pouvaient en tirer de cette situation... des petits services qu'on se rend entre amis. C'est pourquoi, depuis, il y a toujours la guéguerre dans le village entre ceux du haut et ceux du bas. Et moi, au milieu d'eux, j'essaie de réconcilier tout le monde, et c'est pas tous les jours facile.

Pendant que le maire en terminait, je perçus dans l'attitude du commissaire quelques signes évidents de lassitude. Ma conviction, c'était que ces histoires ne le passionnaient pas beaucoup. Je redoutai bientôt que cette longue narration des événements de l'année 1916 pût cacher autre chose : une méconnaissance des faits à propos desquels nous allions l'interroger. La suite me prouva que mes craintes étaient fondées.

– Et concernant le Dr Claude Blanchard ?

– J'y viens, mais avant je voudrais être sûr que vous compreniez toute la situation.

Le commissaire me regarda en laissant échapper un soupir qui signifiait tacitement : « faites ce que vous voulez inspecteur, de toute façon, c'est foutu ! » Il avait raison, maintenant, j'en étais convaincu, mais par courtoisie, je laissai le maire poursuivre :

– En haut du village, il y avait enterré, dans un souterrain, le dépôt de munitions et à cent mètres à peine, le départ d'une ligne de chemin de fer qui rejoignait celle menant au front jusqu'à Albert. Dans le bas du village, il y avait une clairière assez profonde, c'est à cet endroit que l'armée a décidé d'implanter son hôpital de campagne. Et bien sûr, toute cette partie du village était en zone interdite. Vous vous souvenez, messieurs, que, quand cette guerre a commencé en 1914, on n'avait que des fusils pour se battre et en appui quelques canons... quatre ans plus tard, c'étaient des chars, des avions... non c'était plus la même guerre. Quand je les voyais dans le ciel, ces avions, j'avais peur pour le dépôt de munitions...

– Excusez-moi ! Mais...

– Oui, j'y viens... je disais... j'avais peur que le dépôt explose et que...

Cette fois-ci, ma patience ayant atteint sa limite, je haussai le ton, tout en restant poli. Le commissaire qui commençait à s'endormir me fixa, non sans surprise.

– Monsieur le maire, tout ce que vous nous dites est intéressant, mais nous le savons, revenons si vous me le permettez au Dr Blanchard et comme le temps presse...

– Ah, excusez-moi, il fallait me le dire !

– L'avez-vous rencontré souvent ?

– Oui, un soir, il est venu me voir, il avait dû apprendre que je devais me rendre à Amiens le lendemain. Il m'a sollicité pour que je conduise l'officier anglais qui était à ses côtés. Je lui ai répondu que cela ne me dérangeait pas, alors il s'est retourné vers cet homme qui ne parlait pas un mot de français et lui a traduit nos propos, j'ai pas compris ce qu'ils se disaient mais le docteur continuait à faire l'interprète et c'est ainsi que le lendemain j'ai accompagné cet homme à son rendez-vous...

– Comment était-il... Je veux dire... physiquement ?

– Le docteur ? Grand, plutôt bel homme, des yeux bleus... un homme énergique, à mon avis c'était pas quelqu'un qui devait se laisser marcher sur les pieds sans réagir. Je me souviens l'avoir croisé une ou deux fois avec une gentille demoiselle.

– Vous a-t-il confié s'il était marié ?

– Non, on a peu discuté, il était toujours pressé... Une fois, je l'ai aperçu en compagnie d'un Asiatique. Cette scène m'a frappé parce que c'était la première fois que je voyais un Chinois.

– Vous pourriez nous en dire plus sur ce Chinois ?

– Non... ce devait être son intendant... mais un détail qui me revient tout d'un coup : il avait toujours la tête courbée et regardait ses pieds, comme ces petits garçons soumis devant leur maître d'école quand ils se font réprimander. Ah, oui, je me rappelle… Un soir, je les ai conduits à Livencourt au chevet d'un de nos jeunes soldats…

– Celui qui avait eu les yeux brûlés par l'ypérite ?

– Ah, vous connaissez son histoire…, nous dit-il quelque peu déçu… Vous connaissez aussi sa sœur…

– Oui… nous savons aussi qu'elle doit épouser Louis Cressent, l'instituteur, voyez, monsieur le maire, nous avons enquêté.

– Alors vous connaissez aussi Edmond Masse.

– Le rival ?

– Oui, cette espèce d'olibrius ! C'est pas un garçon très fréquentable, croyez-moi ! Toujours dans les sales coups, mais rusé comme un renard… Il finira mal ce garçon.

– Monsieur le maire, nous allons devoir repartir. Pour résumer, vous nous confirmez que le Dr Claude Blanchard était en poste à Arquênes. Mais quel grade avait-il dans l'armée ?

– Ah, je pourrais pas vous le dire !

– Et cette jeune fille qui l'accompagnait, avez-vous entendu le docteur prononcer son nom ou son prénom ?

– Là, vous me posez une colle ! Vous savez en ce temps-là, j'avais beaucoup de chats à fouetter.

– Pouvez-vous nous indiquer la date approximative de son départ d'Arquênes ?

– Non, là, je vais pas pouvoir vous aider !

22

L'atmosphère devenait de plus en plus pesante au fur et à mesure que se déroulait l'entretien. L'homme rougissait de confusion, désolé de ne pouvoir me venir en aide pendant que le commissaire, en retrait sur sa chaise, m'observait silencieusement. Mes toutes dernières questions restèrent sans réponses. Il nous fallait partir, bredouilles. Une poignée de main brève dénuée de toute effusion et nous étions de nouveau sur la route. J'étais dans une sourde colère. Lorsque, deux jours auparavant, nos deux émissaires nous avaient rapporté les conclusions de leur entrevue avec le maire, le commissaire avait été formel :

– S'il n'a que ces fadaises à raconter, c'est pas la peine de se déranger, on va se casser les dents.

J'avais insisté, convaincu que la vérité pouvait surgir comme le loup au coin du bois. Sans dévoiler le fond de sa pensée, le commissaire avait fini par céder.

– Si vous y tenez tant…

Il me fallait reconnaître que je m'étais fourvoyé, ce que je fis, sans détour, à peine étions-nous installés sur nos sièges. Avec un zeste de condescendance, il me répondit :

– Ce n'est pas grave, inspecteur, ce n'est pas la première fois que nous faisons chou blanc. Et puis, nous avons eu droit à notre petite leçon d'histoire… une guerre picrocholine… qui aurait bien plu à Rabelais.

Ils étaient nombreux ceux que la guerre avait marqués à jamais. Notre maire en faisait partie. L'esprit embué par les souvenirs qui sans cesse venaient lui rappeler la ligne de démarcation des terres d'Arquênes, il ne pouvait plus se projeter dans l'avenir. En politique, c'est une faute et les élections suivantes lui en administrèrent l'amère leçon. Il fut battu et se retira, l'âme en deuil, avec, chevillé au ventre, le sentiment de devoir sa défaite à ce salaud de colonel, le voleur des terres chaudes.

*

* *

– Inspecteur, je voulais vous dire une chose… vous m'écoutez ?

– Oui, je vous écoute, répondis-je, l'esprit ailleurs.

– Inspecteur, depuis quelques semaines, je me sens un peu las et à dire vrai, cette enquête qu'on nous demande de mener ne m'intéresse qu'à moitié. J'ai aussi acquis la certitude que la vérité, maintenant, on n'est pas les seuls à la chercher. Je pense que l'armée est sur la piste et depuis plus longtemps que nous… vous me suivez… un docteur… gradé… qui disparaît… certes, dans les mois les plus chauds de la guerre, en mai et juin de l'année 1918, au moment où le front craque de toute part… mais une fois la guerre terminée, ils ont dû se poser des questions, cette disparition devait quand même les intriguer, un gradé qui s'évanouit dans la nature sans laisser de traces… Bon ! De toute façon, on va bientôt les rencontrer et je peux vous assurer que ce ne sera pas de la tarte : je veux qu'ils crachent le morceau. L'enquête, pour être clair, j'en ai plus rien à foutre, mais avec eux j'ai un vieux compte à régler et j'aimerais qu'on mette le grappin sur l'assassin avant eux, histoire de leur faire comprendre qui est le plus malin.

Je l'écoutais, sans comprendre où il voulait en venir et pour quelles raisons il s'employait à critiquer aussi ouvertement l'armée.

– Inspecteur, pour être encore plus clair, je savais bien qu'aujourd'hui nous allions faire chou blanc et, d'ailleurs, je vous avais mis en garde, mais je n'ai pas insisté car je voulais avoir l'occasion de me retrouver seul à seul avec vous. J'ai des choses importantes à vous dire et je sais que je peux compter sur votre discrétion… Je me sens tellement fatigué ces derniers jours que j'ai pris depuis avant-hier la décision de me retirer… Voyez, nous sommes en octobre, je me donne encore quelques mois… disons jusqu'en mai… et puis après la retraite…

– Vous n'êtes pas sérieux, commissaire ?

– Oh que si ! Très sérieux... sachez, inspecteur, que vous êtes la première personne à qui j'en parle... Sachez aussi que je pense à vous pour me succéder.

– Enfin... commissaire, vous... vous n'êtes pas sérieux !

– Décidément, vous vous répétez inspecteur. Je suis très sérieux, croyez-moi, aucune envie de plaisanter.

J'étais surpris de sa façon de dire les choses, sans les circonlocutions habituelles, sans ses pantomimes grotesques qu'il nous jouait parfois dans le seul but de se rendre intéressant. Sur le ton de la confidence, puis sur celui de la confession, il m'avoua qu'il avait transmis au ministère de l'Intérieur un rapport élogieux concernant mon travail. Tandis qu'il m'observait du coin de l'œil, ce dont je me rendais bien compte quoique mon attention restât fixée sur la conduite de la Panhard & Levassor, il baissa la voix d'un ton pour reconnaître qu'il s'était trompé sur mon compte et qu'au fil des années, il avait appris à me connaître et à m'apprécier.

– Vous savez inspecteur, quand je vous embête parfois avec la religion, c'est parce qu'au fond, je vous jalouse ; j'aimerais posséder la foi qui vous anime... Je vous jalouse aussi parce que vous avez réussi à fonder une famille... et vous avez avec vos enfants un rapport intelligent et affectueux, je l'ai découvert avec Françoise, votre cadette... vous savez que nous nous parlons souvent. À chaque fois, elle vient m'embrasser et m'appelle affectueusement Papi Marchand... Votre fille, c'est mon petit rayon de soleil quand je la croise. J'essaie de la conseiller et de la brider parce qu'elle pourrait sans le vouloir vous nuire... Cela, je ne veux pas, c'est pour cette raison que j'essaie toujours de lui faire comprendre ses erreurs, mais aussi ce en quoi elle a raison. Inspecteur, je suis sûr que notre monde ne se relèvera pas de cette guerre, parce que les hommes ont appris à se connaître dans les tranchées, ils se sont aidés, épaulés. Les femmes sont sorties de chez elles, elles ne voudront plus rester cloîtrées comme au Moyen Âge. Je crois au rapport de classes et à la lutte qui en découle. Voyez inspecteur… la façon de vivre de mes parents, leur richesse accumulée par les placements, les spéculations, tout cela n'est pas très chrétien, je vous l'accorde… mais surtout, c'est fini… Cette époque est révolue. Tout va changer ! Avec la paix revenue, le monde de demain ne ressemblera plus en rien à celui que nous connaissons. Il faut nous y préparer. Il y a trop d'injustices dans ce bas monde, trop d'intérêts contraires.

Le silence retomba dans la voiture tandis que nous nous rapprochions de Doullens.

– Commissaire, comment pourrait-on aider notre jeune collègue ? osai-je lui demander en arrivant devant le 35 de la rue d'En-Haut.

– Je n'en sais fichtre rien et si vous voulez mon avis, je vais vous le dire. Je ne souhaite qu'une chose : qu'il dégage… qu'il retourne chez lui ! Je ne peux pas être plus clair.

Cette sortie aussi brutale qu'imprévue m'incita à la prudence. Je sentais sourdre dans ses propos une colère contenue et ma conviction que leur rapport s'était envenimé s'en trouva renforcée. Pour autant, je ne voulais pas abandonner la partie. Il me fallait patienter jusqu'au jour où le commissaire serait dans de bien meilleures dispositions d'esprit pour renouveler ma question. Jules Mistral souffrait trop et je ne pouvais le laisser avec ce fardeau au bord de la route. Je l'aiderais et s'il me fallait être le seul à le faire, je le serais. En vérité, en regardant autour de moi, il me fallait me rendre à l'évidence : Jules Mistral ne pouvait compter sur aucun de ses collègues et encore moins sur Fiquet, dont les plaisanteries graveleuses sur son compte se multipliaient, plaisanteries au centre desquelles la question de sa virilité revenait de manière récurrente. Je ne comprenais pas ce dédain. Sur son chemin de croix, Mistral n'en était qu'aux premières étapes.

23

Un dimanche après-midi, le premier dimanche de novembre en cette année 1920, si mes souvenirs ne me trahissent pas, je me rendis au commissariat. L'heure et le jour étaient inhabituels. D'ordinaire, le commissaire respectait le troisième commandement divin : « Les dimanches tu garderas, en servant Dieu dévotement. » Un jour par semaine, jour de trêve dominicale, les affaires de notre petit monde, au 35 de la rue d'En-Haut, étaient suspendues comme par enchantement. Rien ne troublait, en ces temps, le repos hebdomadaire que je consacrais au recueillement et à la prière. Aucun voleur, aucun meurtrier ne semblait vouloir aggraver son cas en se signalant le jour alloué au Seigneur. Durant la semaine précédant ce dimanche, le commissaire s'était déplacé à Amiens, accompagné de Jules Mistral. Je m'étais félicité qu'Herménégilde Marchand ait changé d'avis et qu'il soit revenu à de bien meilleures dispositions d'esprit. Avant de partir, il m'avait confié son embarras et avait sollicité mon avis : comment devait-il s'y prendre pour le réconforter ? À cette question difficile à traiter, je répondais de manière elliptique en faisant valoir que sa relation avec notre jeune collègue devait s'apparenter à celui qu'un père entretient avec son fils. Il avait hoché la tête en signe d'acquiescement et se faisait fort de suivre « ces conseils », disait-il, sans que je puisse déceler, ni dans le ton employé, ni dans ses mimiques, une once d'ironie. Depuis plusieurs semaines s'était ancrée, aux tréfonds de nos consciences, la certitude que notre collègue était dans une très grande souffrance ; une souffrance telle que l'éventualité qu'il commette l'irréparable n'était plus à écarter. Je mesurais avec gravité ce que ce geste signifiait. Pour tout chrétien, se donner la mort volontairement est puni par les canons de l'Église. C'est l'offense suprême faite à Dieu puisque lui seul choisit l'heure de notre mort et nous soumet à sa volonté dès notre conception jusqu'au Jugement dernier. Ne sommes-nous pas ses créatures ? Ne pas l'admettre, imaginer d'autres sources de création possible ou, pire, supposer le hasard pour seule explication de notre présence sur cette Terre, toutes ces postures intellectuelles ou spirituelles avaient le don de me navrer. Depuis les plus tendres années de l'enfance, celles qui me permirent de posséder les facultés de discernement, je campais sur mes croyances en taisant le dégoût que m'inspiraient ceux qui avaient l'audace d'afficher comme vérité le déni de Dieu.

Que Mistral accompagnât le commissaire à son invitation était une bonne nouvelle et je louai son initiative. Je me félicitais également que, pour une fois, il ne m'ait pas choisi tout en reconnaissant que ces derniers jours, il s'était montré fort courtois à mon endroit, comme s'il voulait me démontrer que ses paroles lancées au retour d'Arquênes, concernant la décision de me voir le remplacer, n'étaient pas des propos en l'air. Parfois sa nature et ses mauvais penchants le reprenaient, mais seul l'inspecteur Fiquet en était la victime. Quant à notre jeune collègue, le commissaire semblait l'ignorer et ne lui adressait jamais la parole. En secret, j'espérais que la glace se briserait lors de leur séjour à Amiens. Cependant je craignais qu'il ne l'emmenât de nouveau chez Germaine Husson, la maquerelle, pour le « dégrossir », comme le proposait l'inspecteur Fiquet. « L'œuvre de chair tu ne désireras, qu'en mariage seulement », nous recommandait l'abbé Gaudissart dans son sermon dominical. Certes ! Mais comment blâmer notre jeune collègue si, par une union factice, il retrouvait l'appétit de vivre et calmait ce chagrin qui le minait chaque jour davantage.

Pendant leur absence qui dura presque une semaine, nous avions enfin arrêté le voleur de charbon, un pauvre bougre qui n'était guère argenté et que nous devions déférer au parquet. Quel que fût le délit, il fallait que son auteur soit puni. De la justice, je me rendais à l'idée qu'en dernier ressort, elle appartenait à Dieu et que son caractère immanent devait se conjuguer avec la nécessité de maintenir l'ordre public. Je ne pouvais tolérer, quelle que soit l'excuse invoquée, que l'on s'approprie le bien d'autrui. La propriété a toujours été dans mon esprit le corollaire de la liberté et au moins sur ce point, le commissaire et moi étions en parfait accord. Nous devions nous montrer inflexibles, sans hésitation à l'encontre des voleurs, petits ou grands. Alors que toutes ces pensées m'assaillaient, je le regardais avec un détachement teinté de mépris. Pieds et poings liés, les yeux remplis de larmes, il leva la tête en implorant :

– Monsieur l'inspecteur, pardon !... Qu'est-ce qu'on va faire de moi ?... de mes enfants ? Que vont-ils devenir ?

Je trouvais ces suppliques grotesques.

– Fallait y penser avant ! lui répondis-je sans élever la voix.

À ce moment précis, il baissa de nouveau la tête, l'enfouissant dans ses bras pour contenir ses sanglots.

En le regardant dans cette misérable posture, je me rappelais ce jeune soldat de Doullens, parti en janvier 1915, comme on part à l'abattoir. Un soldat, engoncé dans ses pantalons rouge garance trop petits et sa veste bleue, un soldat qui cachait mal sous son déguisement l'enfant qu'il était encore. En trois mois de guerre, ses yeux s'étaient décillés et ce qu'ils avaient vu, ce n'était pas la vie à laquelle les enfants rêvent quand ils s'imaginent devenus grands et forts. Ce qu'ils avaient vu ressemblait plus à l'enfer. Le garçon avait tôt fait de vieillir et aussi de souffrir dans sa chair. Blessé, quoique légèrement, il avait été soigné dans un hôpital de campagne puis renvoyé en permission pour quelques semaines chez ses parents. Dans les derniers jours qui précédèrent son renvoi au front, une violente dispute l'opposa à son père : l'enfant ne voulait plus retourner sur les champs d'horreur. Des paroles véhémentes et des bruits de chaises renversées attirèrent l'attention de leur voisin. Quand les gendarmes vinrent arrêter le jeune homme pour désertion, les choses s'envenimèrent et c'est bien ce qui aggrava la sanction de la justice militaire. Après quelques horions généreusement partagés, le soldat se résigna. Alors, magnanimes, les pandores lui accordèrent quelques instants pour faire ses adieux, enfin s'il faut appeler cette mascarade des adieux : la rage au ventre, le fils planta son regard dans les yeux de son père, lequel comprit à cet instant son irréparable erreur. Tout ce qui allait arriver était de sa propre faute. Il avait parlé trop haut et ne pouvait rendre seul responsable ce voisin qui les avait dénoncés.

En 1915, tout pardon était impossible : les Boches étaient là, à nos portes. Comment aurions-nous pu défendre nos femmes et nos enfants, si tous avaient montré une telle lâcheté ? Cet enfant se prénommait Basile. Je ne pouvais me tromper car c'est le prénom que j'avais choisi en secret si Madeleine avait eu le bonheur de me donner un fils. Basile, l'enfant dont le père, sans le vouloir, avait permis l'arrestation, fut jugé coupable de désertion et passé par les armes.

Lorsque je retrouvai le commissaire, ce dimanche après-midi, après son séjour à Amiens, je compris que quelque chose l'avait agacé profondément. Il était d'une humeur exécrable et je craignais qu'un incident ait compromis une nouvelle fois notre jeune collègue.

– Ah, il commence à me faire chier, nom de Dieu de nom de Dieu… Pardonnez-moi, inspecteur, d'être aussi grossier, mais je ne la sens pas notre affaire, je ne la sens pas du tout !… Ce procureur, quelle lavette ! Il a baissé son froc... Pour tout vous dire, on risque d'être dessaisis... Je m'étonne même que ce ne soit pas déjà le cas.

– L'armée ?

– Oui ! Évidemment, qui voulez-vous que ce soit ?

– Comment s'est déroulé votre entretien avec le colonel de la Rosière ?

– Ce n'est pas lui qui m'a reçu, c'est un lieutenant. Sinon, l'entretien en lui-même s'est bien passé... trop bien, devrais-je dire, et c'est cela qui m'inquiète. J'ai eu le sentiment quand on s'est quittés qu'il m'avait déroulé le tapis rouge et fait des risettes pour me remercier de tout, mais que, désormais, la fête était finie.

– Vous a-t-il donné l'identité des victimes ?

– Oui, de toutes ! Et même de la femme ! Nous avons pu prendre connaissance des états de service de chacun des quatre soldats ainsi que la feuille de route de leurs régiments. Le premier, Mathurin, nous savons maintenant qu'il se nommait Berthier, étudiant avant guerre, le père pharmacien. Pour lui, pas de grand mystère, par les lettres, nous savions déjà qu'il était mort en 1914. Maintenant, nous connaissons la date exacte de sa disparition : c'est le 29 décembre. Il semble que la trêve de Noël ait été respectée quelques jours. Les archives ne font pas état de combats concernant son régiment les 24, 25 et 26 décembre mais, après, les hostilités ont repris de plus belle : beaucoup de pertes dans les jours qui ont suivi, comme s'ils avaient besoin de rattraper les trois jours chômés, les cons !... Le corps du soldat est toujours dans la Marne. La famille le réclame, mais l'armée ne veut pas le rendre. Elle l'a rangé en attendant de l'ensevelir dans un de ses cimetières. C'est logique, depuis tant d'années, on ne peut être sûr de rien : une erreur d'identité est toujours possible et puis, on ne saura jamais donner un nom à plus de la moitié des corps retrouvés. Non ! sur ce point, l'armée a raison : ces jeunes gens qui ont fait le sacrifice de leur vie appartiennent à la nation. Ils doivent reposer là où ils sont tombés… Que cela plaise ou pas ! À bien y réfléchir, mourir à la guerre, c'est aussi une affaire de chance, il y a ceux qui se sont pris une balle dans le cœur à la toute fin de l'assaut. Eux, ils sont morts proprement. On a eu le temps de leur préparer un cercueil en bois. On les a identifiés et on ne va pas les perdre. Pour les autres, les plus malchanceux qu'on a récupérés en puzzle, c'est moins drôle : pas sûr qu'on ait les bons morceaux, là toute erreur est possible, sans parler de ceux qui ont été transformés en charpie.

J'étais désireux d'en savoir davantage sur l'identité de nos quatre héros et supportais mal les digressions du commissaire. Pendant qu'il me parlait des mises en bière de nos soldats morts aux champs d'honneur, je me disais qu'il me faudrait mettre à profit les six prochains mois avant son départ pour réfléchir à la manière dont je devrais animer cette maison. Les méthodes de Marchand étaient d'un autre temps et ne répondaient plus aux recommandations de notre hiérarchie. Il me faudrait organiser les échanges, permettre à chacun d'exprimer son point de vue, rédiger des notes de synthèse et être plus soucieux de rendre compte de nos activités par les moyens modernes que représentaient le téléphone et la télégraphie. Tout ceci nécessitait de reprendre l'ensemble des problèmes humains et matériels que posait l'administration d'une telle maison. Quant à Jules Mistral, je me promettais d'attendre le moment opportun pour lui proposer mon aide. À l'évidence, il voulait rejoindre son Midi natal et je devais tout faire pour accéder à sa requête en prenant langue avec les autorités compétentes. Mais, pour l'heure, je devais approfondir ma réflexion et poursuivre l'enquête sur le double assassinat de la rue du Vert-Bout.

– Et sur le Breton ? Qu'avez-vous appris sur lui ?

– Le Breton, c'est notre Clovis, Clovis Nedelec, plus exactement. Lui, il a été rendu à ses foyers en mars 1918.

C'est un peu surprenant parce que c'était l'avant-dernière manche, en pleine offensive des Boches. Il a fini son temps d'armée en qualité de 1re classe. Mais il a eu chaud au début de la guerre. Figurez-vous que son nom apparaissait sur le fameux « Carnet B ».

– Celui qui contenait les noms des deux mille soldats soupçonnés de pacifisme ?

– Exactement, sauf que c'était pas lui, mais celui d'un homonyme. Au début, on lui en a fait voir de toutes les couleurs, sans qu'il sache pourquoi. L'armée l'avait dans le collimateur. Et puis, très vite, à l'épreuve du feu, il s'est montré sous son vrai jour : courageux et respectueux des ordres et ce jusqu'à la fin de son service. Dernière adresse connue : Amiens. Mais nous, nous savons qu'il est parti s'installer en Bretagne.

– Et pour l'auteur des lettres, celui qui n'a ni nom, ni prénom hormis son initiale « A ».

– C'est à cause de lui que mes soupçons envers l'armée ont commencé à s'installer dans ma tête. Ils m'ont dit qu'ils ne pouvaient pas me donner son nom. Dossier confidentiel ! paraît-il, tu parles ! Un des officiers espérait en savoir plus sur son compte et m'interrogeait de telle manière que j'ai eu la puce à l'oreille. En vérité, ils n'en savent pas plus que nous. Ils sont allés là où il était censé vivre. Mais, ils ont fait chou blanc.

– Vous croyez qu'ils sont encore chez la cousine germaine du père ?

– Celle qui vit à Neufchâtel-en-Bray… vraisemblablement !

Le commissaire me sourit en lissant sa barbe, puis me susurra tout bas, comme si quelqu'un pouvait tendre l'oreille pour nous écouter :

– Mais ça, ils ne le savent pas ! J'avais demandé de ne pas l'écrire sur la note que nous leur avions envoyée… une prémonition ! Vous connaissez l'adage : « Moins on en dit, mieux on se porte. » Malgré tout, je ne me fais aucune illusion, c'est une question de temps, quand les parents vont se présenter à la trésorerie pour toucher la pension de leur fils à la fin du trimestre, l'armée va leur tomber dessus.

« Quel gâchis ! » pensai-je.

Au lieu de coopérer avec l'armée, le commissaire avait choisi de louvoyer avec cet orgueil imbécile qui l'animait et lui donnait la certitude d'être plus malin que les autres.

– Inspecteur, avec eux, faut jouer serré. Le jeu du chat et de la souris. Sauf que le chat, c'est moi ! Ils ne sont pas dupes, ils savent bien qu'on en sait plus que ce qu'on en dit. Alors ils montrent patte blanche, comme Mistigri, votre chat. Mais vous verrez, un jour, ils nous tomberont dessus à bras raccourcis et c'en sera fini de l'enquête, tout du moins pour nous. Vous savez, nous, nous représentons le pouvoir civil et depuis novembre 1918, ils sont comme des lions en cage. Ils tournent en rond et rêvent de la prochaine guerre : c'est leur raison de vivre, le sang de nos enfants, ne l'oubliez jamais !

C'était plus fort que lui, toujours dans l'exagération, toujours dans l'insulte et cette rétention d'informations : minable ! Il me brûlait l'envie de lui rétorquer que, sans l'armée, sa maison, ses biens, ses rentes viagères, toute cette richesse aurait été balayée, et qu'aujourd'hui il serait nu comme un ver.

– Donc, ils ne vous ont pas dit son nom ?

– Non !

– Incroyable ! Pour Marie ? Rien ?

– Ah si ! Enfin à la vérité : peu de chose que nous ne subodorions. C'est confus, mais il semble qu'elle se soit portée volontaire en qualité d'infirmière. C'était une supplétive de l'armée. Sa dernière affectation connue, c'est bien Arquênes. Elle soignait les blessés qu'on acheminait depuis Albert. Mais elle a disparu début mars 1918, lors d'un déplacement effectué à Amiens, vraisemblablement une mort accidentelle. Dans la marge du document, il y avait la mention « bombardement », avec un point d'interrogation.

– Cette version ne colle pas avec notre histoire. Si elle disparaît en mars 1918 à Amiens, elle ne peut pas être vivante en mai de la même année à Doullens. En conséquence, c'est Ernestine qui a peut-être raison et nous, nous faisons fausse route depuis toutes ces semaines. C'est vraiment une histoire à dormir debout !

– Vous avez raison inspecteur. Plus on avance dans cette enquête et plus il est difficile d'y retrouver ses petits. De mon côté, je reste convaincu que l'armée sait des choses qu'elle nous cache. Vous vous souvenez... avant-hier... plus je posais de questions, plus je les sentais sur la défensive. Ce lieutenant esquivait mes questions. Il se foutait de moi et le pire, c'est qu'il savait que je n'étais pas dupe. La Grande Muette porte bien son nom, croyez-moi !

– Commissaire, avez-vous pensé à les interroger sur notre boiteux de Livencourt ?

– Vous pensez bien que oui ! Et le concernant, pas de souci, c'est comme s'ils me lâchaient un os en pâture pour que je me calme... On a bien fait d'attendre avant de le rencontrer, cet olibrius... Olibrius !... Vous vous souvenez, c'est le qualificatif qu'avait employé le maire d'Arquênes. Je regrette de ne pas l'avoir interrogé davantage sur son compte, il avait l'air d'en savoir pas mal, notre maire. Cet Edmond Masse... je m'apprête à l'assaisonner. Croyez-moi, ses abattis vont chauffer, il ferait bien de les numéroter, s'il veut les remettre à la bonne place.

Et Mistral ?... Jamais son nom n'avait été glissé dans notre conversation. Allait-il mieux ? Ce séjour à Amiens lui avait-il été bénéfique ? J'avais vainement attendu le moment où il aborderait enfin le sujet. Mais rien, aucun mot, aucune parole ne fut prononcée le concernant, comme s'il n'avait pas fait partie du voyage. J'étais déçu tant je souhaitais qu'il me rassurât. Cependant, je n'avais pas osé lui demander de ses nouvelles et je m'en voulais d'avoir été autant pusillanime.

24

J'étais inquiet pour Hortense, notre aînée. Madeleine et moi l'avions richement dotée en mobilier, vaisselle et tissus de maison pour le garçon qu'elle choisirait avec notre consentement. Mais la guerre était venue jeter le trouble dans l'ordre du monde et décimer tant de jeunes hommes que le choix d'Hortense s'avéra plus délicat que nous ne l'imaginions. Les familles que nous rencontrions aux célébrations des sacrements et auxquelles nous présentions notre fille étaient toutes compatissantes. Hortense exigeait d'un prétendant qu'il fût bien né, et bien instruit... Un jeune homme éduqué selon nos principes et nos convictions... Quelqu'un qui puisse un jour la féconder et nous donner ainsi de beaux petits-enfants, des garçons de préférence. Sa sagesse n'avait d'égal que cette soumission dont elle ne se départait jamais. J'étais angoissé à l'idée de la voir vieillir, puis se flétrir sans assumer le rôle que la nature lui avait dévolu, comme toutes ces femmes qui avaient gardé leur ventre en jachère pour ne pas trahir le serment fait à leurs fiancés disparus. Hortense, dans la vie de tous les jours, celle des petits riens et des petites choses, s'appliquait à soulager sa mère. L'entretien de la maison et l'éducation de ses deux plus jeunes sœurs l'occupaient mais je savais qu'elle rêvait, dans le secret de ses silences, au jour où elle rencontrerait le grand amour. Les années passaient vite : dans quelques semaines elle aurait 23 printemps et mes craintes de la voir coiffer sainte Catherine revenaient sans cesse... Mais quand j'évoquais cette éventualité, Hortense préférait en rire.

*

* *

Jules Mistral avait quitté Doullens.

La nouvelle fit le tour du service aussi vite que le feu se marie avec la poudre. Il était parti retrouver sa famille dans son Midi natal sans que nous connaissions ses véritables intentions. Personne ne l'avait revu depuis son plus récent voyage en compagnie du commissaire. Il s'était enfui, le mot n'était pas trop fort, le soir même où ils étaient revenus d'Amiens. Un simple billet griffonné à la hâte et remis au commissaire pour justifier son départ en invoquant « le désir légitime de retrouver sa famille », selon les mots de Marchand. Nous n'en sûmes pas davantage. Mes premières pensées lui donnaient raison : il avait bien fait de rejoindre son petit paradis, ce village, au pied d'une falaise, au-dessus duquel planait l'ombre d'un château cathare et dont il m'avait fait une description précise quelques semaines auparavant. Je me souvenais de ses mots à lui : « Là-bas, le vent, parfois, devient fou, rien ne peut l'arrêter, même pas la mer. Il est si prétentieux qu'il voudrait l'assécher par la seule force de son souffle. » Et puis j'avais eu ce geste malheureux, celui de lui poser la main sur l'épaule et comme Orphée, quand il commet l'erreur de se retourner vers Eurydice, je l'avais perdu à cet instant. Comme la plupart de mes collègues, je formulais à son intention des vœux de guérison. Le reverrait-on un jour ? Au fond de moi, j'en doutais. Son séjour à Doullens avait été une souffrance de chaque instant et cependant je n'accusais personne en particulier, bien que je fusse convaincu qu'Herménégilde Marchand ne pouvait être dédouané de sa responsabilité. Il n'avait pas su trouver les mots en guise de baume, ces mots qui vous réconfortent et vous laissent espérer de meilleurs lendemains. Or, le commissaire n'était pas le seul responsable… Fiquet, les autres aussi. Moi-même, qu'avais-je fait pour l'aider ? Rien !… ou si peu.

Cela faisait dix jours qu'il nous avait quittés lorsque le commissaire, sourire aux lèvres, m'invita à l'accompagner le lendemain à Livencourt.

– Je vous promets une surprise, m'avait-il confié en aparté, on va rire !

*

*   *

– Messieurs, si ça vous chante, il me reste un beau cuissot de chevreuil accommodé d'une sauce grand veneur et accompagné d'une purée de pommes de terre… Je vous ai mis de côté de la gelée de groseilles, seulement si vous aimez ! déclama-t-elle avec un air malicieux qui se voulait complice.

Le café de Joséphine n'était pas le seul à Livencourt qui en comptait quatre depuis le début du siècle mais sa réputation s'était affranchie des frontières du canton. Pour les gens de passage, les tables de son café-restaurant étaient toujours convoitées. Dehors, il faisait un froid de canard, les indices annonciateurs d'un hiver particulièrement rigoureux se lisaient dans le comportement des bêtes. Elles savaient, beaucoup mieux que les hommes, sentir les changements subtils du temps et se prémunir contre le froid. De l'hirondelle partie très tôt vers des cieux plus cléments, aux renards qui trompaient leur prudence légendaire jusqu'à venir taquiner les poules des fermes avoisinantes, toute la gent animale s'était préparée au changement de saison. L'hiver s'apprêtait à geler les terres. Tout paraissait calme, mais cette tranquillité n'était qu'une illusion. Le danger était imminent et dans quelques jours, la neige tomberait en abondance nivelant les paysages en grandes étendues de blancheur immaculée, barrant les chemins de congères avec, pour alliés, les vents froids du nord. Terrés dans leurs maisons de torchis, les rustiques se laisseraient gagner par la torpeur hivernale avec la sérénité de ceux qui ont tant fait d'efforts, l'été précédent, et qui méritaient bien l'absolution divine pour ces quelques semaines d'oisiveté. Pourquoi serait-elle la mère de tous les vices quand elle n'était que la juste récompense de tant de labeurs ? Malgré tout, il restait toujours à étaler le fourrage sur la litière des vaches sans compter la traite pour soulager les pis et ce, tous les matins et tous les soirs que Dieu fait. Pour le reste, on tâchait de s'occuper et les après-midi, après s'être nourri de lard et de chou et s'être désaltéré d'un vin pas toujours bon, on invitait la patronne au lit ou dans la cuisine, sur la table, le temps d'une petite saillie, vite fait, bien fait. On appelait ça entre hommes le « café du pauvre » et cette expression faisait toujours rigoler. Les femmes se donnaient pour rien, par devoir, entre les chaussettes à repriser et les assiettes à laver, avec la crainte sourde et constante du « polichinelle dans le tiroir ».

*

* *

La guerre n'était pas loin de Livencourt à quelques lieues qui pouvaient se compter sur les doigts d'une seule main. Pendant ces quatre années, passée l'euphorie des premières semaines, ils avaient fait semblant de ne plus la voir, de ne pas l'entendre comme si ce désordre ne les concernait plus. Au village, ils furent dix à ne pas revenir. Le diable qui ne savait compter que sur ses doigts n'en avait pas voulu davantage. Alors, quand la guerre fut terminée, rien en apparence n'avait changé, ils avaient gardé leurs habitudes comme celle de se retrouver au café pour commenter la vie et s'interroger à leur manière sur le sens de celle-ci.

– Ma fille, ma petite Lucie, c'est une femelle à cette heure ! Allez, c'est ma tournée ! clama l'un des villageois à l'adresse des clients.

Pour les rustiques, les premières règles d'une enfant, ce n'est jamais banal, c'est une promesse de vie pour les années qui viendront trop vite. Dans ces circonstances, la générosité des villageois se mesurait toujours à l'aune des canons, ces verres de vin qu'on offrait pour fêter l'événement. Tout le monde entourait le père de la fillette de son amitié, feinte ou réelle, et le félicitait en l'encourageant. Puis, quand l'autre était plein comme une bourriche d'huîtres jusqu'à perdre tout discernement, c'est à son ardoise que le cafetier s'en prenait en la noircissant sans vergogne. Dès lors, les tournées s'enchaînaient jusqu'à ce que Joséphine, inquiète de l'état d'ébriété des convives et craignant pour sa vaisselle et ses meubles, ordonnât à son cafetier de mari de siffler la fin de la partie.

Je n'aimais pas ces rustres, je n'aimais pas leurs grossièretés, leur façon de se lancer de grandes claques dans le dos, d'élever la voix. Je n'aimais pas les mots qu'ils employaient pour parler de Lucie et de ses règles. Le souvenir de ce prénom s'ancra dans ma mémoire pour l'avoir entendu prononcer pendant tout le temps du repas. Mes pensées vagabondaient tandis que le commissaire s'affairait avec gourmandise sur le cuissot de chevreuil. J'imaginais cette mère découvrant sur les jambes de son enfant de minces filets de sang comme des liserés rouges. Je la voyais consolant sa fille après l'avoir giflée, comme le voulait cette stupide tradition… Pas une claque, non, une caresse appuyée comme un symbole pour la prévenir que plus tard, lorsqu'elle accoucherait, ce serait dans la douleur. « Maintenant, tu es une grande ! » Les femmes quand elles parlent aux enfants, c'est moins bête que les hommes. Elles savent trouver les mots, offrir de la tendresse et les consoler. C'est au moment où Joséphine nous avait copieusement servis que le père de Lucie s'était manifesté. Attentif à la scène dont nous avions été les spectateurs, le commissaire ne put s'empêcher d'ajouter en baissant la voix :

– Ces culs-terreux, c'est la bouse des vaches qui les rend cons et l'odeur du fumier qui dérange leur cerveau. Mais il ne faut pas leur en vouloir, ajouta-t-il avec une certaine condescendance. Nous, on réagit ainsi parce qu'on est des gens de la ville, des gens civilisés, on réagit avec nos codes, nos manières, parfois hypocrites, de vivre en société. Vous voyez bien que leur société, c'est pas la nôtre… Ce qu'ils ne peuvent comprendre, c'est qu'ils vont disparaître et que plus tard, plus personne ne voudra vivre comme eux. Vous verrez, leurs enfants, ils claqueront la porte de leur masure et ils viendront dans nos faubourgs pour apprendre à vivre comme nous et quand ils auront bien tout compris, c'est dans le cœur de nos villes qu'on les verra marcher, déguisés en bourgeois… Et pourtant, ces hommes que vous voyez, ils connaissent le prix de la vie et la valeur du ventre qui la donne. Croyez-moi, quand la vache a du mal à vêler, il faut les voir se démener pour ne pas faire souffrir la bête et réchauffer le veau qui titube sur ses quatre pattes… Leur fille ou leur génisse, c'est pareil, quand le sang coule, c'est du sérieux !… Vous savez, la ferme des Loubet, je vais la vendre. Maintenant j'en ai marre de tout ça ! J'ai assez d'argent pour vivre et je ne vais pas être gourmand sur le prix. Je sais que les Loubet voudraient l'acheter. Alors je vais leur faire un prix raisonnable, mais un prix tout de même… Ce ne sera pas de l'aumône, je ne vais pas les insulter en plus. Ils ne le méritent pas. Vous voyez, les Loubet, ils ont trimé toute leur vie, du matin jusqu'au soir et le fruit de ce travail, c'était pour me permettre de jouer les grands bourgeois. Ne vous trompez pas, inspecteur, je n'ai aucun scrupule, simplement je pense que tous ces privilèges vont bientôt prendre fin, c'est comme ces « foires aux bras », on y vient pour acheter des bras : est-ce possible qu'un tel marché existe encore à notre époque ? Je ne sais depuis combien d'années l'esclavage a été aboli ! Notre France, soi-disant la patrie des droits de l'Homme, regardez comment elle se comporte avec ses colonies. Vous verrez, inspecteur, un jour ces peuples se rebelleront et nous, nous n'aurons pas d'autres choix que de foutre le camp. Quant à l'armée, elle pourra toujours rêver à sa grandeur perdue !... Faites pas attention, inspecteur, je suis fatigué de tout. Oh ! mais regardez-moi qui arrive...

25

Edmond Masse s'avança en claudiquant, la main appuyée sur le pommeau de sa canne, l'air affecté d'une certaine majesté. Sur son plastron noir, deux médailles rutilaient, pour preuve de sa bravoure devant le feu. Quand il salua l'assemblée, les rires cessèrent instantanément, les paroles s'étouffèrent.

– Ah, voilà notre caporal ! s'exclama l'un d'eux.

– Bonjour la compagnie ! répondit l'autre d'une voix hautaine avec la morgue de celui qui se voyait au-dessus de ces bouseux.

Et d'apparence, il fallait admettre que dans son costume si parfaitement coupé, signé du meilleur tailleur du canton, on pouvait le confondre avec un citadin. Le menton en avant, le torse légèrement bombé, il voulait en imposer et cette posture se voyait comme le furoncle sur la joue.

– Un petit canon ! proposa le père de Lucie d'une voix embrumée en faisant glisser sur le comptoir un verre à moitié rempli d'un vin ordinaire.

– Pas de refus... avec ce temps, il faut bien se réchauffer...

Il leva son verre et, après avoir observé la robe du breuvage, et reniflé son arôme, il l'engloutit d'un trait.

– Eh bien, cafetier, je peux te le dire... ton vin, c'est pas de la vinasse ! Pas comme celui qu'on nous servait dans les tranchées... Ah non, là-bas, c'était une espèce de « tord-boyaux »... Mais on s'en mettait plein le gosier avant de monter à l'assaut... Fallait y aller, croyez-moi, et on y allait. « Pas de couilles molles ! » qu'on criait pour se donner du courage... Bon ! assez causé, j'ai à faire à cette heure... Cafetier, un dernier avant de retourner chez mes vieux.

Le commissaire me regarda avec un léger sourire, sûr de son fait.

– C'est notre homme ! Pas d'erreur possible, me confia-t-il d'une voix calme et sereine.

Au moment où l'homme saluait les derniers clients, Herménégilde Marchand se leva pour l'interpeller :

– Caporal !

– Oui, messieurs, à qui ai-je l'honneur ? nous répondit-il en détournant son regard.

– Commissaire Marchand et mon inspecteur.

– Bien messieurs, que puis-je pour vous ?

Sa voix avait baissé d'un ton et l'homme s'était raidi comme si son instinct animal l'incitait à la prudence. Ce n'était plus le moment de faire le mariole d'autant que nous avions exhibé nos cartes professionnelles pour éviter le doute et la confusion.

– Edmond Masse ?

L'autre opina du chef, surpris comme le taureau quand il reçoit sa première banderille. Dans ses yeux, je compris qu'il pressentait l'imminence d'un danger avec une acuité telle que, des mois plus tard, quand il fut établi qu'il était l'assassin de Claude Blanchard et de Marie Karadec, l'intensité de son regard me revint à l'esprit. Le commissaire, dont nous connaissions tous, au 35 de la rue d'En-Haut, les talents de comédien pour les avoir supportés tant d'années, avait eu tout le loisir de répéter son texte et savourait avec une jubilation indicible le moment où il porterait l'estocade. Mais l'heure n'était pas encore venue et je le compris au ton mièvre de sa voix. Il avait envie de jouer avec Edmond Masse comme Mistigri avec la merlette dans l'arrière-cour de notre maison, quand l'oiseau imprudent s'égarait sur son terrain de chasse.

*

* *

Dans la voiture qui s'éloignait de Livencourt et à l'arrière de laquelle Edmond Masse avait pris place, le commissaire reprit la conversation sur un ton badin qui se voulait courtois mais sans chaleur excessive :

– Alors monsieur Masse, votre blessure, c'était où ?

– Devant Arras, commissaire ! répondit l'autre sans se démonter bien qu'il ne fût pas dupe.

Trop intelligent pour s'en laisser compter, il savait que le ton employé par le commissaire n'était qu'un leurre et qu'en conséquence mieux valait se tenir sur ses gardes.

– Pas trop grave ?

– Non, il y a pire !... Une balle m'a traversé la jambe en août 1918 quand les Boches commençaient à reculer... Pas de chance !... mais, bon ! On est vivant et après tout, c'est l'essentiel !

– Pourquoi on vous appelle caporal au village ?...

Il se tassa instinctivement et son inquiétude grandit au fur et à mesure que les derniers bois de Livencourt disparaissaient du paysage. Ce fut comme si on lui avait piqué le dos avec une lance pour l'affaiblir, comme le picador dans le premier *tercio* de la corrida.

– Inspecteur, demandez à M. Masse s'il est bien l'auteur de la lettre adressée à M. Godard, l'inspecteur de l'Instruction publique.

– Ah, c'est donc pour cette histoire ! lâcha-t-il imprudemment... Oui, c'est bien moi.

– Tu peux nous en dire plus ?

Je m'attendais à ce que le commissaire usât du tutoiement et j'étais étonné qu'il ne l'eût pas fait plus tôt. Dès cet instant, je sus que la partition serait différente. La voix du commissaire se fit plus grave, le ton plus sec :

– Je veux tout savoir et tu me racontes pas de conneries.

– Commissaire, notre instituteur, c'était pas un monsieur convenable, moi, je l'ai vu de mes yeux embrasser la petite Amélie quand elle était encore son élève. C'était l'année du certificat, quelques jours avant la guerre.

– Et qu'est-ce que tu as vu exactement ?

– Comme je vous l'ai dit, ils s'embrassaient.

– Sois précis : c'est lui qui l'embrassait ou c'est elle ?

Je ne comprenais pas l'intérêt d'une telle question et je n'étais pas le seul dans cette expectative. L'autre, décontenancé, bafouilla :

– Je sais pas… les deux.

– Donc, t'es en train de nous dire que ta camarade, à l'époque, elle était consentante.

– Non… enfin oui… mais ça se fait pas, commissaire.

– Ça ne se fait pas, je suis d'accord avec toi… mais ce qui m'intéresse, c'est de savoir si t'étais seul ou s'il y avait des témoins, des copains à toi qui auraient vu la scène.

– Non, j'étais tout seul…

– Dommage ! Mais vas-y, raconte !

– … C'était en fin de journée. L'école était finie depuis la veille et on devait aider notre maître à cirer les pupitres et à ranger les livres de la bibliothèque… mais moi, je pouvais pas venir tout de suite parce que j'avais les vaches à ramener du pré, c'est seulement après la traite que je suis venu à l'école.

– Tu voulais aider ou t'avais une autre idée en tête… par exemple, les surprendre parce que t'avais compris leur manège depuis longtemps ?

– Oui… non ! bafouilla-t-il.

– Peut-être bien que oui, peut-être bien que non… Dis-moi donc, tu serais pas un peu normand, toi, par hasard ?… Alors, c'est oui ou c'est non ?… Est-ce que tu peux répondre clairement ? Si c'est oui, c'est oui ! Mais si c'est non, c'est non ! Mais ça peut pas être oui non.

Le commissaire ferrait notre homme comme dans le deuxième *tercio* d'une corrida. En vérité, peu lui importait les réponses de l'autre dont il n'avait que faire. Son plaisir machiavélique résidait dans la détresse de sa victime et il fallait le voir, l'autre. Blessé par les banderilles du commissaire, il n'était plus le même homme, différent de celui que nous avions découvert, accoudé au bar du café de Joséphine. Edmond Masse se défendait tant bien que mal, mais il avait, depuis les premiers instants, jaugé son adversaire et compris que ce dernier était coriace. Alors, mieux valait être prudent et faire profil bas…

– Tu en as parlé à quelqu'un ?

– Oui… non.

– Tu le fais exprès ! À quoi tu joues ? Ah oui, j'y suis. Si tu dis « oui, non » c'est non ! Mais si tu dis « non, oui » c'est oui. Bon, il suffisait de comprendre les règles de ton petit jeu. Donc, on recommence, mais cette fois-ci, on inverse les rôles, c'est moi qui impose les règles, tu verras, c'est facile : pas de « oui, non » et pas de « non, oui », tu réponds « oui » ou tu réponds « non », compris ? Alors je te le redemande : est-ce que tu en as parlé à quelqu'un ?

– Je savais qu'on ne me croirait pas.

Le commissaire le fixait tandis que l'autre, par bravade, soutenait son regard.

– T'es toujours comme ça ou tu le fais exprès aujourd'hui ? Tu sais que tu commences sérieusement à m'emmerder ? Je recommence, tu vois que je suis patient malgré tout. Est-ce que tu en as parlé à quelqu'un à l'époque ?

– Non !

– Eh bien, voilà, c'est bien, j'ai ma réponse... Alors, tu as écrit à l'inspecteur.

– Oui.

– Tu as écrit pour le dénoncer et pour qu'il soit révoqué... renvoyé si tu préfères.

– Oui.

Le commissaire avait applaudi, comme le maître d'école devant les progrès de son élève, content d'avoir réussi sans forcer son talent à le saouler de questions comme pour mieux l'amadouer.

Cependant, je mesurais, si elle était avérée, combien la scène des embrassades avait pu troubler l'enfant qu'il était encore à l'époque des faits ; il devait avoir 15 ans à peine. S'agissant de Louis Cressent, l'instituteur, mes pensées étaient confuses. N'avait-il pas, dans les embarras des sentiments, cédé à la tentation et commis l'irréparable ? Je préférais, pour mon confort, me persuader du contraire et admettre qu'Edmond Masse avait agi par simple jalousie. J'en étais là de mes pensées lorsqu'un coup de frein brutal me ramena à la réalité : un troupeau de marcassins guidés par une laie décidée traversa la route sans se préoccuper de la Panhard & Levassor.

– J'ai bien failli me les prendre. J'en aurais été pour ma journée... Descendons, on va se dégourdir les jambes et marcher un peu pour nous remettre de nos émotions.

Les reins en appui sur le capot, le commissaire fixait Masse avec une moue dédaigneuse.

– Bon, maintenant, assez joué... finissons-en. Je vais te dire quelque chose et tu vas bien te l'enfoncer dans le crâne... ou ailleurs, si tu veux. Ce que tu racontes, c'est de l'histoire ancienne, si tant est que ce que tu nous racontes soit vrai ! Or, avec toi, la vérité, elle est pas toujours bien servie... et si tu veux que je te mette les points sur les « i », je vais te les mettre. Devant tes copains de bistrot et à qui veut l'entendre, tu racontes que tu as combattu avec vaillance et que c'est pour cette raison qu'on t'a décoré… pour faits de bravoure… Sauf que, tu vois mon gars, ta fâcheuse manie d'écrire pour dénoncer les gens, eh bien, figure-toi que t'es pas le seul à l'avoir. Ta blessure à la jambe !… soi-disant par balle, c'est de la daube, des sornettes.

Le commissaire se tut tout en continuant à observer son adversaire. De la poche intérieure de son paletot, il retira sans empressement quelques feuillets qu'il secoua sous le nez de l'autre.

– Moi, je lis ton livret militaire. Le lieutenant qui signe au bas de la page, il n'est pas fier d'avoir un gusse de ton acabit dans sa compagnie… *soldat Edmond Masse fils de métayers, instruction : diplômé du certificat de fin d'études…* Bon, jusque-là, rien à dire, mais très vite, les choses se gâtent : *pusillanime… pas franc du collier.* Tu as fait des études, donc tu comprends ce que cela veut dire, tu conviendras avec moi que c'est pas forcément des compliments, et puis il y a le reste et là je saisis mieux. Quand ça bardait du côté d'Arras, toi, t'étais à l'hôpital… une dysenterie carabinée qu'on n'arrivait pas à arrêter. La vérité, c'était que t'avais trouvé la potion magique pour foutre la java dans tes intestins et te faire chier ; tu chiais partout, dans tes frocs, dans ton lit, et même que tes copains, ils en pleuraient de rire tellement ça puait dans la casemate. Ton caporal n'y a vu que du feu. C'était bien joué. On va t'envoyer un mois et demi au vert d'avril à fin mai 1918, ce qui n'est pas banal. Je continue : *blessé le 29 novembre 1918…* Je dis bien le 29 novembre 1918.

Le commissaire s'arrêta de nouveau. Edmond Masse ne disait plus rien. Anéanti, il attendait que passe l'orage.

– Explique-moi comment, alors que l'armistice est signé le 11, tu es blessé le 29. Tu te fous de qui ? Bon, je vais pas te demander comment tu t'es blessé, parce que tu trouverais encore le moyen de me raconter des histoires à dormir debout. Moi, je vais te rafraîchir la mémoire, si tant est que cela soit nécessaire. On est fin novembre. Sur le front c'est l'attente. Les Boches sont partis. L'ordre est de rester sur place, on ne sait jamais avec eux, alors on s'occupe comme on peut : des parties de cartes, des lettres qu'on écrit aux parents, on fait la popote. Bref, on s'enquiquine à deux sous de l'heure parce qu'il y a rien à faire à part attendre et attendre toujours... Mais un soir, vl'a t'y pas que monsieur se retrouve avec ses copains dans une maison en ruine. Tout est délabré, les murs tiennent à peine debout, mais... oh ! bonheur, la cave est épargnée. Alors pour fêter l'heureux événement, on se met à table, on chante, on danse, on fait les fous, on amène des filles qui rôdaient dans les parages et c'est la fiesta, et puis à monsieur, on lui demande de redescendre à la cave pour la dernière tournée. Monsieur, il est rond comme une poêle à frire. Il ne voit plus très clair et il ne sait pas bien où il met les pieds, et là... patatras ! La dégringolade au bas des marches. Résultat : une jambe cassée. Pas de chance : fracture ouverte. Là, c'est du sérieux, ce n'est pas de la comédie. Je l'ai lu dans ton dossier. Le 29 novembre ! Blessé en temps de paix, alors là, je le reconnais, c'est pas de veine... Après la chute, retour à l'hôpital, à croire que t'avais pris un abonnement. On te soigne, mais là encore, pas de chance, la fracture n'est pas bien réduite et ton séjour doit être prolongé... Deux mois encore à tuer le temps. Au terme des deux mois, enfin, on se débarrasse de toi. Tes copains, eux, devront attendre juillet pour être définitivement libérés, à cette époque faut-il te rappeler qu'on n'avait pas confiance aux Boches, on pensait qu'ils ne respecteraient pas l'armistice. Voilà ton histoire !... Pas bien glorieux ! Avoue-le !...

L'autre avait la mine défaite. Un dernier reste de dignité l'empêchait de craquer et de se donner en spectacle devant le commissaire. Il me vint à cet instant un sentiment curieux où se mêlaient la lassitude et la pitié. Estimant que la farce était jouée, je ne souhaitais pas qu'on s'acharnât sur cet homme. Mais le commissaire n'avait cure de ces sentiments, ce qu'il voulait, lui, c'était la mise à mort, le *tercio* de combat dans la corrida et, en guise de véronique, il accomplit un demi-tour autour de sa victime et lui administra un magistral coup de pied au cul.

– Tu l'as pas volé, mon gars, celui-là... Maintenant écoute bien : tu vas foutre le camp de ton patelin, tu vas où tu veux pour chercher du boulot et tu te fais oublier. Je te donne deux jours, tu vois, je suis généreux... Mais si, après, je te vois encore traîner dans les parages, alors là, tout Livencourt sera au courant de tes aventures à l'armée et, crois-moi, tu ne sauras plus où te mettre... Caporal de mes deux ! Tu parles... Troufion 2e classe, oui... Maintenant tu retournes à pattes chez toi !

Pendant que le commissaire m'invitait à reprendre le volant de la voiture, j'aperçus Edmond Masse dans le rétroviseur, debout, appuyé contre le tronc d'un frêne, aussi stupide qu'un boxeur groggy dans son coin à la fin d'un match perdu. Tandis que le commissaire riait à gorge déployée du bon tour qu'il venait de lui jouer, je restai coi, sensible à la détresse de cet homme qui ne méritait pas tant d'affronts. Ce n'était qu'un pauvre type, fanfaron certes, mais rien de bien méchant. Tout homme est pécheur et seule la confession permet le repentir. La mansuétude des hommes se mesure à la qualité de leur pardon, mais de mansuétude, le commissaire n'en avait guère. Il eut tôt fait d'interpréter mon silence comme la marque d'une désapprobation. Il ne se trompait pas et, vexé de ce désaveu, s'enflamma :

– Vous, les cathos, c'est toujours la même chose ! On commet le plus grand des crimes et puis dare-dare on court au confessionnal, on avoue tout. Le curé, après vous avoir écoutés, vous dit que c'est pas bien, qu'il faut pas recommencer, et vous oblige à réciter trois *Pater nos-*

ter et deux *Ave Maria*. Ainsi le tour est joué. Un peu facile tout de même. Eh bien, inspecteur, toutes ces simagrées, c'est pure comédie. Les hommes sont les hommes. On n'a pas à faire de sentiments. Pour nous, inspecteur, seule compte la vérité. Et comme disait Danton, « toute la vérité, rien que la vérité »… Moi, inspecteur, ce qui me passionne, c'est d'aller au fond des âmes. Personne n'est blanc, personne n'est noir. Même dans le plus salaud des criminels il y a toujours de l'humanité, je me marre quand j'entends les gens dire : « Il faut le couper en deux, c'est un monstre. » Dans la vie, tout le monde est un peu gris mais, je vous l'accorde, le nuancier est très large. Inspecteur, personne n'est au-dessus de tout soupçon. Vous, moi bien sûr, personne je vous dis. Tenez, par exemple, prenons le cas de notre jeune collègue Jules Mistral. Voilà un cas intéressant. Il jouait les tendres, les gentils. Mais qu'est-ce que nous savions de lui : rien, pas grand-chose. Qu'est-ce qu'il cachait ? Tout à coup, voilà qu'il disparaît comme un voleur. Pourquoi ? Ni vous ni moi ne le savons. Mais moi, je le soupçonne de choses pas très jolies, je ne peux pas vraiment en parler mais, croyez-moi, je n'hésiterai pas si, par malheur, un jour, il balance des saloperies sur mon compte. Je le crois capable de m'accuser de tous les maux de la terre.

De temps à autre, je croisais son regard tout en continuant à prêter attention à la route. En l'écoutant, je sentais comme un malaise grandir entre nous. Toutes ces allusions implicites sur le comportement délétère de notre collègue ne reposaient sur rien, ou alors il fallait que je me convainque qu'un lien particulier unissait les deux hommes. Ce n'était pas la première fois que le commissaire m'emmenait dans ces ornières faites de soupçons et de menaces pour salir le souvenir de ce garçon. Ma réflexion s'arrêtait cependant au seuil de ses allusions.

– J'ai oublié de vous le dire, ajouta-t-il, il a donné sa démission de la police, le commissariat de Narbonne m'a averti par lettre… Bon, entre nous, c'est pas une surprise. Il faut bien se l'avouer : il n'avait rien à faire dans la grande maison.

26

En cette veille de Noël, le train qui me menait à Paris était bondé, mais il y régnait une atmosphère bon enfant. Je trouvai, après bien des difficultés, une place dans un compartiment de deuxième classe, en face d'une jeune fille au visage diaphane, vêtue d'une robe noire au bas de laquelle avait été cousue de la dentelle et qui ressemblait à celle que portait autrefois ma mère. À côté d'elle, un enfant turbulent ne cessa durant la toute première partie du voyage de nous importuner par ses déplacements nombreux et intempestifs. Le compartiment n'étant pas chauffé, nous devions garder nos manteaux. Noël approchait et beaucoup de provinciaux se rendaient dans la capitale pour y célébrer la naissance de l'Enfant Jésus, transportant, avec leurs bagages, les dindes et chapons emprisonnés dans des cages d'osier. Mon missel entre les moufles, je relisais quelques passages de l'Évangile selon saint Marc en songeant au destin singulier de Jules Mistral, notre jeune collègue.

Peu de jours auparavant, des nouvelles alarmantes nous étaient parvenues du Midi de la France : après avoir donné sa démission de la police, Mistral avait disparu brutalement sans laisser un billet pour expliquer sa fuite. C'est le commissaire qui nous l'apprit lors de notre réunion hebdomadaire. Il ne fit aucun commentaire mais je sentais qu'il était manifestement troublé. Je me souviens m'être retiré avec le sentiment que le pire s'était produit, qu'après avoir tant lutté contre ce mal qui lui dévorait l'âme, il avait attenté à ses jours. Dans mes pensées revenaient ce visage si féminin et ce sourire d'enfant dont il nous gratifiait dans les premiers jours de son arrivée. Et toujours ces questions lancinantes : Qui était-il vraiment ? De quel mal souffrait-il ? Perdu dans ces sombres pensées, je n'avais pas fait attention à la présence du commissaire. Pourtant, il était là, dans l'encadrement de la porte, et m'observait avec cet air abattu qui ne le quittait plus depuis le matin. Au moment où je levai la tête, il s'efforça de sourire et me pria de l'excuser de ne pouvoir se rendre à Paris pour interroger Clovis Nedelec comme il avait promis de le faire. Il était confus de me solliciter à nouveau. C'est à cet instant que mon jugement sur cet homme s'aiguisa : je le vis avec cette acuité qui me permettait de le juger sévèrement. Sa pleutrerie ne m'inspirait que du dégoût. J'ignorais cependant que ce sentiment n'allait plus me quitter et qu'il se nourrirait désormais chaque jour du moindre fait, du propos le plus anodin. La lâcheté et la bêtise le confinaient dans une attitude teintée de veulerie qui devenait pesante pour l'ensemble du personnel attaché au 35 de la rue d'En-Haut. Il eût suffi qu'il prononçât quelques mots en souvenir de notre collègue ou qu'il fît preuve de la moindre des compassions pour que nous eussions révisé notre jugement à son égard. Tel ne fut pas le cas. C'est bien ce silence qui devenait insupportable. Toute la maison bruissait de murmures offusqués ce matin-là. Le commissaire n'était pas dupe, l'attitude de ses hommes n'était plus la même. Cette soumission sur laquelle il appuyait son autorité s'étiolait. Il perdait pied, c'était manifeste. Alors il me confia qu'il attendait mon retour de Paris pour annoncer à tous la nouvelle de sa prochaine mise à la retraite.

*

* *

Mon voisin, le prêtre, m'ayant compté parmi les fidèles assidus de l'église, me tendit le bulletin paroissial de l'évêché. Je reconnus la une du *Dimanche* et me revis soudainement dans cet endroit glauque, ce lieu de débauche où régnait en maîtresse femme Germaine Husson. Un titre barrait toute la première page : « Un nonce à Paris ! » C'était presque fait. Pas encore, mais la presse avait pris cette fâcheuse habitude de devancer les événements pour mieux les imposer aux autorités politiques. Le gouvernement employait ses efforts à renouer les liens diplomatiques entre la France et l'État du Vatican, et pour montrer sa bonne volonté, il avait accepté le retour des congrégations dissoutes en 1905. Cette décision découlait du sacrifice de nombreux ecclésiastiques sur les champs de bataille. Depuis la fin des hostilités, les bonnes nouvelles s'amoncelaient au bénéfice de notre Église et j'en étais particulièrement ravi. Enfin, pensai-je, « si le cœur et la raison s'unissent pour le bien de tous nos frères alsaciens et lorrains, c'est un bonheur que nous saurons partager tous ensemble ». Dans un esprit de paix et de fraternité, il fut décidé de garder le régime concordataire d'Alsace et de Moselle puis d'accepter la rémunération des prêtres. C'en était fini de l'arrogance de ces radicaux et autres francs-maçons.

L'enseignement privé avait de beaux jours devant lui et j'en étais particulièrement ravi. Tous les Godard, Cressent et Marchand n'avaient qu'à bien se tenir… Tout à coup, le visage de Françoise traversa mes pensées et m'invita à plus de tempérance. N'avait-elle pas été, avant de se rebeller, la victime de cet enseignement privé, de sa rigueur et, dussé-je l'avouer, de son obscurantisme ?

– Vous vous rendez compte ? Un nonce à Paris ! s'exclama le prêtre en devinant mon intérêt pour cette installation… Vous allez à Paris pour les fêtes ? insista-t-il.

– Non, hélas, je serai de retour dès ce soir.

– Dès ce soir ? Alors vous n'allez pas profiter de notre belle capitale… et de la messe de minuit à Notre-Dame.

– Hélas, non !

Je fis tout pour abréger cette conversation que je jugeais intrusive. Il n'était pas question de m'épancher sur les raisons de ce voyage. Elles gardaient un caractère professionnel et confidentiel. Même en confession, je devais respecter le serment que j'avais prononcé devant mes supérieurs, ce qui n'était pas toujours un exercice aisé, et je dois reconnaître que l'abbé Gaudissart faisait preuve d'une grande compréhension en m'invitant lui-même au silence dès lors qu'une question morale troublait ma conscience professionnelle. Pendant la deuxième partie du voyage, l'enfant s'était assoupi dans la robe de sa mère et le prêtre s'était plongé de nouveau dans la lecture de son hebdomadaire. Je me souvenais de ma dernière visite dans la capitale. Elle datait d'une dizaine d'années. Nous voulions voir la tour Eiffel une fois dans notre vie avant qu'elle ne soit démontée. En compagnie d'Hortense et de Françoise, Cécile n'étant pas encore née, Madeleine et moi avions vécu trois jours merveilleux. Ce furent nos seules vacances depuis le nouveau siècle. Le souvenir de la visite de Notre-Dame était lové dans notre cœur et revenait parfois au travers de nos conversations.

27

Je ne saurais dire quel détail lui permit de me distinguer, mais dès qu'il m'aperçut près du bar, Clovis Nedelec leva un journal pour me signaler sa présence. Il m'invita à m'asseoir et me proposa une tasse de chocolat chaud que j'acceptai de bonne grâce. Les présentations furent brèves, chacun ayant à cœur la volonté d'aller droit au but, sans le souci des usages qui sied en la circonstance.

– Vous venez de Bretagne exprès pour notre enquête ?

– Non ! J'effectue un stage à la Compagnie des chemins de fer de l'État. Je n'y suis que depuis quelques mois.

Clovis Nedelec était un jeune homme de bonne éducation. Sa moustache fine et son regard pétillant le rendaient sympathique au premier abord. Ses propos liminaires confirmèrent ce que nous savions par nos propres sources. Après les grèves de printemps, la compagnie avait frappé fort en licenciant quinze mille agents. Clovis Nedelec s'était présenté au recrutement mis en place dans la précipitation pour remplacer les exclus. Ses états de service pendant la guerre, les louanges de ses supérieurs avaient plaidé en sa faveur et il fut embauché sans grande difficulté, d'autant que les tests techniques auxquels il fut confronté ne lui posèrent aucun embarras et ce ne furent pas non plus les états d'âme sur le sort des grévistes qui l'étouffèrent. Le jeune homme était ambitieux, il irait loin. Ces choses-là se sentaient.

– Dites-moi ce que vous savez de Claude Blanchard !

– Nous nous sommes connus au grand lycée avant guerre. Nous formions une bande de copains insouciants, les « quatre mousquetaires » qu'on nous appelait parfois pour nous dauber. Mais, incontestablement, notre chef, c'était lui !

– Parce qu'il était le plus vieux ?

– Assurément, cette différence d'âge jouait en sa faveur ! Deux ans de plus, ça compte... une vilaine coxalgie attrapée pendant l'enfance qui l'a contraint à l'alitement. Je crois, ou plutôt je suis sûr, que ce sentiment de fragilité a beaucoup pesé sur le choix de ses études en médecine.

– Il n'était pas de ce milieu-là ?

– Non, pas du tout. Son père était professeur d'anglais... Il exerçait au grand lycée. Nous l'avions eu comme professeur en première année de bachot si mes souvenirs sont exacts. C'était un monsieur qui avait beaucoup de prestance, une sorte de dandy. On ne se moquait pas de lui, eu égard à notre copain, mais parfois ce n'était pas l'envie qui nous manquait à cause de ses manières.

– Et sa mère ?

– Sa mère était née en Angleterre et parlait avec un accent caractéristique. Pas étonnant que notre copain décroche toujours la première place en version anglaise ! Alors que nous, pendant ce temps, on essayait d'aligner trois mots convenables. D'ailleurs, aujourd'hui, il ne me reste pas grand-chose... un peu à l'écrit tout de même. Dans les premiers mois de la guerre, le père a pris sa retraite et ils sont partis s'installer en Angleterre dans le Devon. Je ne crois pas qu'ils soient encore de ce monde...

– Je peux hélas vous le confirmer. Revenons à Claude Blanchard, si vous voulez bien. Nous cherchons à comprendre pourquoi il séjournait à Doullens dans cette maison, rue du Vert-Bout. Si j'en crois nos dernières sources, elle appartiendrait toujours à vos parents.

– C'est plus compliqué, mais je veux bien prendre le temps de vous l'expliquer... Bien avant que la guerre n'éclate, nous habitions à Amiens. Mon père avait réussi des placements avantageux qui lui avaient permis de se constituer une petite fortune. Un jour, en se promenant du côté de Doullens, il tomba sous le charme de cette demeure qu'ils avaient dénichée au bord de l'Authie, à l'écart de la ville. Doullens n'étant distant d'Amiens que d'une trentaine de kilomètres, ils se promirent de venir tous les dimanches par le train. Cette maison offrait tous les avantages d'une résidence secondaire. Pour mon père, c'était aussi un signe de richesse que de posséder cette villégiature. Pendant deux ou trois ans, nous venions régulièrement dans cette demeure et nous la meublions au gré des découvertes chez les antiquaires. Tout était disparate, mais c'était sans importance. Hélas, la santé de ma mère a commencé à décliner. Ses ancêtres étant d'origine bretonne, des Bas-Bretons pour être plus exact, ma mère avait exprimé le souhait de mourir sur sa terre. Leur départ en Bretagne fut quelque peu précipité mais, comme par miracle, ma mère recouvrit la santé, au moins pendant quelques mois, une rémission en quelque sorte ! Quand ils furent installés en Bretagne avec l'argent obtenu de leurs placements, ils nous léguèrent les maisons, celle d'Amiens pour Pierre, mon frère, et celle de Doullens pour moi. Puis la guerre a éclaté et nos destins ont basculé dans cette terrible tragédie. Pierre est mort à la guerre.

– Dans la Marne…

– Oui ! ma mère n'a pas pu le supporter, c'était trop pour son cœur. Pour moi, le choix était clair, je devais rester auprès de mon père. Il me fallait prendre des dispositions pour la vente des maisons, celle de Doullens et celle d'Amiens. Bon ! Pour elle, ça sera vite réglé : elle a été anéantie en mars 1918. Pour celle de Doullens, c'était plus compliqué : la guerre était toujours présente et Doullens était si près du front. Je ne pouvais traiter cette affaire sérieusement. C'est alors que le hasard me permit de retrouver mon ami Claude Blanchard dans les rues d'Amiens. C'était fin 1917. Il était devenu aspirant et surtout amoureux d'une fille qui se nommait Marie Karadec, vous pensez qu'avec un nom pareil, je ne pouvais l'oublier.

– Savez-vous d'où elle était originaire ?

– Oui, de Morlaix… entre Carantec et Morlaix, si mes souvenirs ne me trompent pas… J'étais heureux de le revoir. C'est tout juste si on n'a pas chialé ! On parle de tout, de rien, sauf de la guerre, et c'est là qu'il m'apprend ses fiançailles et son mariage dès que possible. Il me propose même d'être son témoin… mais, « malheureusement, me dit-il, je ne peux pas fixer de date »… Ses activités de médecin ne lui laissaient pas beaucoup de répit.

Il opérait entre Nouvion et Albert. À Nouvion, il y avait un cantonnement de soldats anglais, plusieurs régiments attendaient les ordres pour partir soit vers Ypres, soit vers Arras. Il y avait aussi énormément de Chinois qui rétablissaient les voies de chemin de fer après chaque bombardement pour assurer le transport des combattants et toute l'intendance qui devait suivre : nourriture, bêtes et matériel lourd. Claude devait aussi se rendre à Albert pour le transport des blessés et des malades qu'il acheminait avec sa voiture quelquefois, pour la gare la plus proche ou jusqu'à ce village dont le nom ne me revient pas… Il y avait là un hôpital de campagne.

– Arquênes ?

– Oui, c'est ce nom !… Je lui parle de mon installation définitive en Bretagne à la fin des combats et mon désir de vendre la maison de Doullens dès que possible… Je l'ai senti tout de suite intéressé. Il me pose mille questions sur l'état de la maison, sa composition, la grandeur du terrain, le lieu précis de son implantation, et puis m'annonce qu'il veut la louer dans un premier temps et me l'acheter par la suite dès qu'il aura réuni la somme nécessaire. Je riais en me moquant de lui. « Mais tu ne l'as même pas vue ! – Ça ne fait rien, me dit-il, son emplacement m'intéresse, c'est à mi-chemin entre Nouvion et Albert. » Et comme il insistait, je me suis dit qu'après tout, si ça pouvait l'aider… Alors on s'est retrouvés le soir chez moi, dans la maison d'Amiens. Je ne savais pas à l'époque que c'était la dernière fois que j'y mettais les pieds. Il fallait en discuter plus sérieusement… mais avant, on a pris le temps de se remémorer le bon temps du lycée, les filles bien sûr, elles avaient toutes le béguin pour lui, normal, il avait deux ans de plus que nous, bon, à la vérité, on était un peu jaloux… Après, on a passé en revue tous les copains du bachot dont, pour la plupart, nous étions sans nouvelles. Et puis, vers la fin de la soirée, nous avons couché noir sur blanc toutes les conditions de la location pour les premiers mois et de la vente qui suivrait, la deuxième année. Voilà inspecteur, c'est ainsi que s'est faite la transaction, on a recopié l'original. Chacun a apposé son paraphe et comme des imbéciles on a même mis nos empreintes digitales pour authentifier les documents parce qu'il n'était pas question de passer devant le notaire dans les conditions de l'époque.

– Donc, votre maison était louée.

– Oui, louée pour un an. Il m'avait payé d'avance… toute l'année 1918. J'étais pas mécontent, la location de cette maison me faisait un souci en moins. Elle serait chauffée, occupée… par ces temps, avec les vols… c'était rassurant de savoir que quelqu'un l'habitait. Le 26 mars 1918, les journaux nous apprennent que Doullens est devenu le centre du monde. Le commandement unique de toutes les armées du monde est inscrit à l'ordre du jour de la réunion à laquelle seront présents Pétain, Clemenceau, Poincaré et bien sûr Foch. Tout ce beau monde à Doullens, je n'en croyais pas mes yeux. Je me suis dit, en souriant, que ce Blanchard, c'était toujours le même, il ne pouvait pas s'empêcher de voir les choses en grand, mais inviter toutes ces célébrités pour une crémaillère, ça, c'était trop fort !… Début mai 1918, je reçois une lettre de sa part dans laquelle il m'annonce qu'il a réuni la somme nécessaire pour l'achat de la maison et que, si je n'avais pas changé d'avis, il était prêt et me demandait l'adresse et le nom de mon notaire pour entreprendre les démarches…

– Et puis ?

– Et puis, rien… plus de nouvelles. Au début, ce n'était pas surprenant. Les Boches avaient bombardé Amiens, la maison… celle d'Amiens était détruite… mais ça je ne l'ai su que bien après l'armistice… Début 1919, je pensais qu'il se manifesterait. La guerre était finie et s'il avait renoncé à l'achat de la maison, au moins devait-il s'acquitter du loyer annuel. Remarquez, je n'attendais pas spécialement cet argent, mais j'étais très inquiet de ne pas avoir de nouvelles et je voulais comprendre les raisons de ce long silence. Mais rien, hélas rien depuis tout ce temps…

– Permettez-moi de revenir un instant sur le mois de mai, vous dites qu'il avait réuni la somme pour acheter comptant cette maison.

– Oui, c'est du moins ce qu'il prétendait dans sa toute dernière correspondance.

– Vous mesurez l'importance de votre témoignage pour les suites de notre enquête… Vous parle-t-il de sa fiancée ?

– Non, c'était une lettre de quelques lignes, plutôt un billet, et qui ne concernait que la vente de la maison.

– Rien d'autre ?

– Non, pas d'autres nouvelles, un billet écrit à la hâte par quelqu'un de pressé… qui ne dispose pas de beaucoup de temps apparemment pour s'épancher sur sa vie. J'apprendrai bien plus tard le décès de son amie.

– Cette lettre, l'avez-vous sur vous ?

– Oui… tenez, la voilà.

– Monsieur Nedelec, vous comprendrez que pour les besoins de l'enquête, je dois conserver cette pièce. Elle est très importante. Pour autant et parce que je suppose que vous y tenez également, j'en ferai faire une copie et vous renverrai l'original à la gendarmerie de votre lieu de résidence. Autre question : êtes-vous revenu à Doullens ?

– Oui, mais pas avant janvier de cette année. J'ai même eu bien du mal à retrouver mon chemin, les rues étaient enneigées, une neige abondante et qui collait aux guêtres. La maison était glaciale et visiblement à l'abandon depuis pas mal de temps. Je n'y ai pas fait de vieux os, croyez-moi ! Mon opinion était faite : Claude Blanchard avait quitté les lieux depuis longtemps.

– Rien ne vous a troublé… un détail qui pourrait faire avancer l'enquête… une odeur ?

– Non, je suis pas resté très longtemps, comme je vous l'ai expliqué, il faisait un froid de Sibérie dans la maison, je me suis dit que le mieux, c'était de revenir au printemps. Et puis, après, vous savez tout. Le hasard a voulu que je trouve une place aux chemins de fer, j'ai oublié la maison, il fallait passer les épreuves du concours et j'avais vraiment d'autres chats à fouetter. Depuis je n'ai pas encore trouvé l'occasion de revenir sur Doullens.

– Bien, monsieur Nedelec ! Deux petites questions et notre entretien sera terminé : le nom et l'adresse de votre notaire et le nom et l'adresse de votre ami commun, celui qui est paraplégique. Je souhaiterais disposer de ces informations pour les recouper avec celles qui sont en ma possession.

28

Il était là, vautré dans son fauteuil, le regard noir, et me dévisageait avec un abattement que je ne lui connaissais pas, comme Miraut quand il m'arrivait de le rosser.

– Alors, inspecteur, votre voyage à Paris ? me demanda-t-il, la voix fêlée, en essayant de se donner une contenance.

– Bien, commissaire, nous avançons… J'aurais une hypothèse à vous soumettre et qui pourrait nous donner le mobile du meurtre.

– Vous m'intriguez, inspecteur.

Une nouvelle quinte de toux fit venir Adélaïde. Il suffoquait, le visage rouge comme celui d'un poupon qu'une poussée de dents ferait souffrir.

– Monsieur Marchand, ménagez-vous ! supplia Adélaïde, je vais vous apporter une décoction de tilleul avec un peu de cannelle. Inspecteur, dites-lui d'être raisonnable !

Pauvre Adélaïde ! Comment aurait-elle pu comprendre que j'avais perdu toute considération pour cet homme et que, loin de le plaindre, je voyais, dans cet abandon, la sanction de notre Seigneur ?

– M'énerve celle-là, avec ses potions de grand-mère !

L'instant d'après, la toux reprit jusqu'à l'apoplexie. Il paraissait épuisé dans sa robe de chambre, le col de sa chemise largement échancré comme pour souligner sa déchéance. Marchand semblait résigné. La barbe n'avait pas été taillée depuis plusieurs jours et je songeais que M. Dumont, le barbier, aurait fort à faire la prochaine fois.

– Commissaire, je pense avoir trouvé le mobile du crime, mais bien sûr, cela reste une hypothèse qu'il nous faudra conforter… Début mai 1918, le Dr Blanchard a réuni une coquette somme d'argent correspondant à la valeur d'acquisition du manoir… Tenez, voici la lettre qui l'atteste… C'est celle que m'a remise Clovis Nedelec lorsque nous nous sommes rencontrés vendredi de la semaine dernière.

Il prit la lettre et la parcourut sans ajouter de commentaires, comme si tout cela ne le concernait plus. Adélaïde pointa de nouveau le bout de son nez et me proposa un café que je refusai avec doigté pour ne pas qu'elle s'offusque. Tout à coup, sans crier gare, il sortit de sa torpeur et me fixa en hochant la tête avec une moue de satisfaction appuyée par le clignement de ses yeux.

– Inspecteur, je crois que nous sommes sur la bonne voie.

J'avais bien noté dans mon esprit combien l'usage du « nous » était cavalier. Depuis l'annonce de la disparition de notre jeune collègue, je ne l'avais pas revu et il m'avait fallu trois tentatives pour qu'il consente à me recevoir ce jeudi matin. Aussi était-il injuste qu'il s'appropriât cette hypothèse qui pouvait expliquer le meurtre de la rue du Vert-Bout. Il ne me l'avait en aucune manière suggérée, et sans l'information que je lui apportais, jamais il ne l'aurait proposée.

Adélaïde ne saurait tenir sa langue. Tôt ou tard, notre bourgade serait tenue informée de l'évolution de sa maladie. La rumeur enflant, il serait dit partout qu'il était mourant, prêt aux derniers sacrements si tant est qu'on ait pu trouver un prélat pour soulager sa conscience. Les faits donnèrent raison à la rumeur, comme s'ils la suivaient dans son sillage. Le Dr Saindec lui-même me confia, en trahissant le serment qu'il avait prêté, combien l'état de santé du commissaire lui inspirait de vives inquiétudes. Un matin, il ajouta même : « Attendons-nous au pire ! » La nouvelle de la maladie du commissaire se répandit jusqu'au ministère. C'est ainsi que je fus convoqué à la préfecture pour me voir attribuer à titre provisoire la direction du 35 de la rue d'En-Haut, une mention en bas du document, à côté du paraphe, précisait comme une précaution d'usage : *le temps pour le commissaire Marchand de recouvrer sa santé.*

Nous étions aux premiers jours de la nouvelle année. Dans l'expression des vœux que nous formulions à notre entourage, il y avait, répété comme un leitmotiv, le mot « paix ». La guerre s'effaçait peu à peu, mais les cicatrices étaient toujours là, présentes à l'esprit. Cependant, la vie, la vraie vie, nous la goûtions de nouveau avec l'appétit contenu de ceux que les privations avaient rendu sages et économes.

Je ne saurais dire exactement si mes nouvelles responsabilités en furent la cause principale mais elles contribuèrent au délaissement de ce travail d'écriture que je menais quotidiennement depuis le décès de ma mère. Je dois à la vérité de dire que cet exercice ne prenait plus que quelques minutes de mon précieux temps. Néanmoins, je continuais inlassablement à consigner par écrit ce qui avait retenu mon attention tout au long de ces journées. Dans ce fatras de réflexions, la relation des faits relatifs au double crime de la rue du Vert-Bout prenait une importance de plus en plus grande. Je sentais confusément que la vérité n'était pas aussi éloignée qu'elle avait pu sembler l'être quelques semaines plus tôt. Désormais, les choses m'apparaissaient clairement : le docteur avait été tué pour une sombre question d'argent. En s'en prenant à sa personne, un salaud s'était emparé de l'argent réuni pour l'achat de la maison, là résidait le mobile de ce crime odieux. En périphérie de ce meurtre restaient suspendues bien des questions : pourquoi cette femme que beaucoup s'accordaient à dire qu'elle était morte à Amiens se trouvait bien vivante sur les lieux de l'assassinat à Doullens ? Qui était ce Chinois qui avait disparu aussi brutalement que les deux victimes et dont on n'avait trouvé nulle trace ? En relisant mes notes, je regrettais qu'elles fissent une part trop belle aux bruissements et jacasseries des gens de la ville, ceux que me rapportait, avec un zèle excessif, Adélaïde. Je savais qu'elle mettait à profit le moment des courses pour glaner çà et là les rumeurs, jugements ou faits du jour, puis de cette matière informelle, elle arrivait à tricoter des histoires qui, bientôt, feraient le tour de la ville.

Les notes que j'avais écrites fin novembre portaient sur la disparition de notre jeune collègue Mistral. En les relisant, je mesurais combien j'en avais été affecté. Au Nouvel An, présentant mes vœux à M. Maillon, le pharmacien, j'appris de sa bouche une confidence que lui aurait faite Mistral avant son départ. Selon lui, notre jeune collègue aurait émis l'intention de quitter le continent pour aller aux Amériques faire fortune comme son fils l'avait fait dans la photographie. Je n'y croyais pas un seul instant et comme je savais que le commissaire et lui étaient proches, je craignais que cette rumeur, si elle venait à se répandre, disculpât chacun de ses responsabilités. L'avenir me donna une nouvelle fois raison et, dans les mois qui suivirent, on oublia Mistral, chacun s'étant persuadé qu'il s'était construit une nouvelle vie à New York et qu'il fréquentait de temps à autre le fils de Pierre Maillon. Ainsi naissent les légendes quand l'esprit modèle la vérité pour lui donner les contours de l'acceptable. Au fond de moi, j'étais convaincu que notre jeune collègue s'était donné la mort parce que la vie lui était devenue insupportable. Le hasard avait bon dos, comme cette maladie du commissaire. Comment n'ai-je pas mesuré dans la déchéance de cet homme l'aveu d'un comportement coupable ? Comment ai-je été aveugle au point de ne pas voir que ce dernier avait usé de son autorité pour commettre sur la personne de notre jeune collègue des actes répréhensibles ? Demain, j'oublierai le visage de ce garçon, j'oublierai sa voix, mais comment effacer l'émotion que je ressentis lorsque, voulant lui témoigner mon amitié en posant simplement ma main sur son épaule, je lus dans son regard le rejet brutal de mon affection ?

Aujourd'hui, je l'avoue sans honte, sans pudeur : j'ai aimé ce garçon au-delà de la raison. Je l'ai aimé comme s'il était mon propre fils, ce fils que Madeleine n'avait pu me donner. Pendant de longs mois, je l'ai vu descendre aux enfers sans réagir, sans lever le moindre petit doigt.

Mes écrits étaient moins personnels et si j'éprouvais toujours le besoin de prendre un crayon et de coucher sur des pages vierges, piquées de ces parallèles fines, les mots qui jaillissaient de mon esprit comme l'eau qui sourd des profondeurs de la terre, je tirais de cet exercice de moins en moins de soulagement qu'autrefois. On eût dit que je me nourrissais davantage de la maladie du commissaire pour recouvrer bien-être et félicité. Preuve fut donnée tout au long de ce mois de janvier par le peu de cas que mes écrits faisaient de sa personne. Non pas qu'il se fût amendé, bien au contraire, je savais qu'à l'encontre d'Adélaïde, il se montrait exécrable et sans aucun respect pour son âge. Elle devait satisfaire le moindre de ses caprices et se faisait tancer pour la plus petite des maladresses. En outre, il l'accusait de divulguer sur sa personne de bien honteuses choses et parfois la soupçonnait d'ouvrir ses livres d'art pour se délecter d'images licencieuses. La pauvre était dans tous ses états, mais, généreuse malgré tout, elle attribuait cette attitude à la gravité de la maladie et lui pardonnait toutes ses offenses.

En vérité, je prenais de l'assurance au fur et à mesure des jours qui passaient. Le commissaire s'effaçait peu à peu de mon esprit et je n'étais pas le seul à vivre cet effacement. Il était partagé par tout le petit monde du 35 de la rue d'En-Haut. Parfois, je songeais à abandonner l'écriture. À quoi pouvait-elle me servir ? Que m'apportait-elle ? La réponse était confuse mais elle dessinait des contours qui pouvaient laisser supposer un besoin vital et la source d'un plaisir jusqu'alors inconnu. Les mots me venaient avec une assurance insolente et une évidente spontanéité comme s'ils s'imposaient avec autant de force que les convictions de mon âme. Les mots, je ne les cherchais pas, ils étaient à portée de main, et je les cueillais en abondance comme les cerises dans le verger de mon voisin aux derniers jours de juin.

Relisant les passages consacrés à Mistral, je caviardai un soir tout ce qui accusait le commissaire. Ce n'étaient après tout que des supputations et je ne souhaitais pas qu'elles fussent lues par quelqu'un de mal intentionné. Je ne pouvais affirmer sa malveillance sans en apporter la preuve. L'intime conviction ne suffisait pas à juger cet homme. Il appartenait à sa conscience le soin de reconnaître ses erreurs et ses fautes. Mais je doutais qu'il les confessât, même à l'article de la mort.

29

Le 21 janvier, je me rendis à Amiens à la demande du directeur de l'hôpital Saint-Vincent. Ce dernier nous avait écrit. Il souhaitait nous rencontrer pour nous livrer, sur la personne de Marie Blanchard, des informations « importantes et confidentielles », prétendait-il. Quand il me reçut dans la salle d'accueil, il régnait une effervescence inhabituelle. Un malade muni d'un couteau de cuisine menaçait de se venger d'un ennemi invisible. Après bien des difficultés, trois infirmiers en charge de la sécurité du personnel réussirent à maîtriser le forcené sans qu'il ait eu le temps d'attenter à la vie d'un autre patient.

– Inspecteur, excusez-moi, ce genre d'incident arrive parfois… on n'en a pas fini avec cette sale guerre ici. Pour lui, on ne peut pas faire grand-chose. Comment lui expliquer que la guerre est finie depuis deux ans ? Ce qui est navrant, c'est de penser que le jour où on frappera dans le marbre le nom de tous ceux qui ont fait le sacrifice de leur vie pour la patrie, le sien ne figurera nulle part… Encore que lui, c'est pas le plus atteint. Vous verrez, tout à l'heure, je vous ferai visiter le pavillon Verdun.

– … ?

– Oui, c'est ainsi qu'on a baptisé le pavillon où séjournent nos patients les plus atteints… tous des poilus, revenus vivants en apparence seulement… En vérité, ils ne sont déjà plus de notre monde… Vous verrez, inspecteur, il faut avoir le cœur bien accroché quand on n'a pas l'habitude.

– Docteur, vous avez des révélations à nous faire concernant Marie Karadec… ou plutôt Marie Blanchard, si je vous ai bien compris.

– Oui, à ma connaissance, il s'agit de Marie Blanchard, c'est consigné dans nos registres. Pour nous, il n'y a qu'une Marie… Marie Blanchard, sœur de Claude Blanchard, docteur avec le grade d'aspirant.

– Est-ce que vous vous souvenez de cette patiente ?

– Oui, très bien… même si au début, quand elle est arrivée dans mon service, je ne lui ai pas prêté une attention particulière. Vous vous rappelez qu'au printemps 1918, la ville n'avait pas été épargnée, les bombardements étaient quotidiens et les blessés civils affluaient de partout. Il fallait faire le tri. Dire que nous étions dépassés est un doux euphémisme ! C'était la panique.

– Et dans quel état était-elle ?

– À son arrivée, j'ai pensé qu'il s'agissait d'une erreur. Elle portait un large pansement autour de la tête parce qu'elle venait de subir une opération : on lui avait enlevé un petit éclat d'obus de la tête et la cicatrice commençait à se refermer. Mais, visiblement, quelque chose n'allait pas bien. Elle parlait peu, souriait comme sourirait un enfant malade. La peau de son visage était blanche. Ce qui me frappait, c'était son calme qui contrastait avec l'agitation des autres patients. Un jour, un infirmier m'a appelé en urgence. C'était un jour d'orage et les coups de tonnerre claquaient comme des obus. Marie Blanchard s'était glissée sous son lit, prostrée, comme choquée. J'avais l'impression qu'elle était en train de revivre les bombardements de mars. J'ai demandé à l'infirmier de la laisser tranquille. Elle pleurait à chaudes larmes. Je l'ai prise dans mes bras, j'ai essuyé ses joues. Quand elle se fut calmée, elle m'a souri et c'est à ce moment précis que je me suis aperçu que c'était une très belle fille.

– Combien de temps l'avez-vous accueillie dans votre service ?

– Un mois et quelques jours… Elle passait son temps à errer dans les salles. Oh ! Elle ne dérangeait personne à vrai dire ; dans sa robe blanche, elle me faisait penser à un fantôme... une créature évanescente. Un matin, Claude Blanchard s'est présenté dans son costume d'aspirant. Impressionnant !... Un jeune homme à l'air sévère et pas décidé à perdre son temps. Il n'a pas caché sa véritable identité qu'il nous a permis d'authentifier par la présentation de ses papiers militaires. Je pense qu'au préalable, il avait dû mener son enquête parce qu'il savait précisément qu'elle était dans mon service. Après qu'il m'a décrit la personne qu'il recherchait, j'ai immédiatement pensé à Marie. La concernant, nous n'avions aucun renseignement sur son identité. Quand il l'a aperçue au fond du couloir, il a tout de suite confirmé qu'il s'agissait d'elle.

– Et elle, comment a-t-elle réagi ? A-t-elle eu à son égard un geste, une parole d'affection ? L'a-t-elle seulement reconnu ?

– Non, elle lui a simplement souri, mais cela ne voulait rien dire : elle souriait à tout le monde.

– Et lui ?

– Lui est resté de marbre, mais j'ai bien senti qu'il était ému même s'il ne voulait rien laisser paraître.

– Et, ensuite, comment s'est passé le départ de votre patiente ?

– Il y a eu à ce moment-là un peu de tension. Nous étions partagés entre le désir de libérer une place pour d'autres patients, et Dieu sait que la liste d'attente était longue, et aussi l'envie de continuer à la soigner tant qu'elle ne parlait pas.

– Mais, finalement, vous l'avez laissée partir ?

– Oui, mais après avoir pris le temps de discuter avec l'intéressé... discuter est un bien grand mot : nous avons présenté nos arguments et lui les siens, sans dialogue véritable. Et puis, tout de même, il était aspirant, c'était un confrère ! Pour moi, son attitude, c'était un acte d'orgueil, là où nous avions échoué, il était, lui, persuadé de réussir. Par la suite, j'ai oublié cette histoire, nous avions tant à faire ici. Ce n'est que lorsque nous avons reçu le mois dernier un avis de recherche dans l'intérêt des familles que j'ai fait le lien avec Marie Blanchard. Tous les souvenirs sont revenus, seul problème : le commissariat central parlait d'une certaine Marie Karadec.

– Maintenant, nous sommes fixés : Marie Blanchard et Marie Karadec ne sont qu'une seule et même personne.

– Oui, vous avez raison… Bon ! Inspecteur, je vous avais promis la visite du pavillon Verdun, si vous avez le temps bien sûr… Mais avant, quelques précautions s'imposent.

Deux infirmiers furent appelés en renfort. « On ne sait jamais ! » avait ajouté le directeur. Nous empruntâmes une allée bordée de chênes centenaires au fond du parc ouvert sur la campagne. Le pavillon était situé à l'orée des champs, isolé des autres unités. Les deux infirmiers pénétrèrent les premiers dans une pièce vaste et s'assurèrent que rien d'alarmant ne se présentait, puis ils nous firent un signe pour nous dire que tout était sous leur contrôle. Ce qui me frappa au premier abord, outre la vacuité des lieux – pas un meuble, pas un lit –, ce fut l'odeur qui régnait dans la pièce. Une odeur nauséabonde. Les effluves d'excréments et de sang séché rendaient l'atmosphère irrespirable.

– Tenez, me proposa-t-il en me tendant une serviette imbibée de parfum, ce sera plus supportable.

La fragrance du jasmin trompa, le temps de la visite, la puanteur du lieu et rendit supportable le quart d'heure qui me permit de prendre conscience des effets de la guerre sur la raison de ces hommes, si le mot « homme » a encore un sens pour ceux que je découvrais. Il me semblait que Miraut, notre chien, possédait davantage d'humanité quand il me regardait et qu'au moins, sur la palette des émotions, il m'était plus facile de discerner, dans ses yeux, la joie, la tristesse ou l'impatience.

– Les quatre que vous voyez là-bas, ceux qui sont attachés à des anneaux, sont trop dangereux. Nous ne pouvons les laisser vagabonder comme les six autres : ils pourraient les tuer.

Mon attention fut attirée par celui qui était à l'isolement, les bras écartelés par des liens attachés à deux piliers opposés. Devançant ma question, le docteur m'avoua son impuissance :

– Lui, c'est un suicidaire. Si on le libère de ses liens, il va se fracasser la tête jusqu'à perdre connaissance.

Je les regardais marcher comme nous pourrions le faire dans la salle des pas perdus d'une gare. Certains psalmodiaient des paroles inintelligibles, d'autres ânonnaient, en balançant la tête, des comptines inconnues. L'un d'eux cria dans un vide abyssal, sans attirer un seul regard. Il me vint à l'esprit que le docteur et moi étions des êtres invisibles jusqu'au moment où l'un d'entre eux, le pantalon baissé jusqu'aux genoux, les jambes entravées, tenta de venir au-devant de nous.

– N'ayez crainte, il ne nous fera aucun mal. À part sa fâcheuse manie de se promener à poil, il n'est pas dangereux du tout. C'est notre Alfred, pas un mauvais bougre !

– Je ne demande qu'à vous croire ! rétorquai-je, bientôt pressé de quitter cet endroit infâme.

– Vous savez, à l'égard de ces « gueules cassées », les sentiments de nos concitoyens évoluent au fil des années. Je me souviens que dans les premiers mois de guerre, il y avait beaucoup de pitié et de compassion dans leur regard, puis ces sentiments ont fait place au dégoût. Aujourd'hui, je sens bien que ce qu'ils ressentent est pire encore : c'est la peur que je lis dans leurs yeux.

Le directeur sentit ma gêne, il ajouta simplement :

– J'aimerais que nos généraux aient une fois dans leur vie le courage de venir voir, ne serait-ce qu'un quart d'heure, ce que leur choix implique de souffrances. Plus tard, il n'y en aura que pour les morts, mais mon Alfred, lui, qui s'en souviendra ? Qui dira qu'avant de faire

l'exhibitionniste, c'était un garçon chaleureux, plein de vie, avec de bonnes manières ? Personne !… Allez, rentrez bien, inspecteur !

*

*   *

L'après-midi de ce 21 janvier, je croisai par le plus grand des hasards Germaine Husson dans l'artère principale d'Amiens, la rue des Trois-Cailloux. Elle sortait de la boutique d'un chapelier. Après m'avoir présenté ses civilités, elle m'entreprit sur ses projets immédiats. Ainsi, j'appris de l'intéressée l'abandon prochain de son fonds de commerce et de ses filles pour une retraite à Saint-Valery. Et puis, sautant du coq à l'âne, elle me susurra sur un ton badin la confirmation de ce dont j'étais convaincu depuis longtemps : le commissaire ne consommait que de l'alcool les soirs où il venait lui rendre visite… « et encore de façon très modérée » et « jamais, au grand jamais, il n'était monté dans une des chambres de l'établissement avec une fille ». Ces affirmations, elle pourrait les jurer sur la Bible, ce que personne ne l'obligeait à faire. Puis elle évoqua la soirée au cours de laquelle le commissaire lui présenta le jeune Mistral. Ce dont elle se souvenait parfaitement, c'est qu'ils n'étaient pas seuls : à leurs côtés, un homme leur tenait compagnie. Et, à en croire Germaine Husson, il s'agissait d'un curieux personnage sur lequel, au sens propre comme au sens figuré, elle ne souhaitait pas s'étendre, mais que le commissaire ait pu fréquenter ce personnage interlope, bien connu dans le milieu très fermé des nuits amiénoises et de celui de la jaquette, cela continuait à l'intriguer.

30

Les derniers jours de janvier s'étiraient comme pour s'arracher d'un hiver qu'on avait annoncé rigoureux et qui n'avait pas démenti les prémonitions des paysans. Le commissaire était au plus mal. Rien n'y faisait ; ni les attentions d'Adélaïde, ni les marques de sympathie de ses amis et pas davantage les potions préconisées par le Dr Saindec. Il avait beaucoup maigri. Dans le regard des autres, il ne s'était guère trompé : l'inquiétude grandissait. Reprendre ses fonctions, ne serait-ce que quelques semaines avant de me céder la place en mai, il ne l'envisageait plus et cela le minait. Il passait ses journées devant l'âtre où s'épuisait la réserve de bois. Vautré dans son fauteuil, une couverture sur les genoux, il trompait son ennui dans la lecture de la presse nationale et faisait semblant, malgré la maladie, de s'intéresser encore à la marche du monde. Tous les soirs, à la fermeture du bureau, je gagnais son domicile où il me recevait avec un intérêt affecté, comme s'il ne voulait pas renoncer. Alors, je lui rendais compte des activités en cours : quelques vols non élucidés, un quidam à surveiller à cause de ses prises de position anarchistes, deux ou trois rixes pour de sombres affaires de voisinage et bien sûr les avancées concernant l'enquête de la rue du Vert-Bout. Certains soirs, il m'arrivait de croiser l'inspecteur de l'Instruction publique, M. Godard. Il était de plus en plus souvent accompagné de Louis Cressent qui était devenu un familier du commissaire. Nous nous saluions sans chaleur. Mais cela n'avait guère d'importance. Personne ne m'obligeait à venir faire au commissaire le rapport de nos activités. Cependant, je tenais cette démarche pour naturelle, sans la confondre le moins du monde avec une marque de soumission. Il me paraissait juste et courtois de l'informer sans que ni l'un ni l'autre nous ne soyons dupes : jamais il ne reprendrait la responsabilité qui était la sienne avant que la maladie ne le cloue dans ce fauteuil. Nous faisions encore semblant, lui d'être le commissaire et moi son second. Notre relation, cependant, était épurée de tout signe d'allégeance et la rancœur que j'éprouverai jusqu'à la fin de sa vie ne me lâchait pas, pas davantage la conviction récente qu'un homme jeune était mort par sa faute. Encore fallait-il le prouver et cela, je savais pertinemment que c'était impossible.

Au 35 de la rue d'En-Haut, les hommes s'interrogeaient. Habitués au caractère facétieux et aux colères du commissaire, ils devaient s'accommoder d'une « tombe », selon l'expression échangée à mon insu. Pourtant, ils s'employèrent sans exception à me faciliter la tâche : pas d'obséquiosité, mais au contraire un rapport franc, une collaboration de chaque instant et qui paya très vite dans une difficile affaire d'inceste impliquant une famille de la bourgeoisie. Ils me savaient gré de ne jamais les juger. Après quelques semaines d'observation, ils commençaient à mesurer que ce remplacement effectué au pied levé prenait un caractère définitif et les rumeurs qui bruissaient dans la ville sur l'état de santé du commissaire Marchand confortaient leur certitude. Ils avaient ma confiance et ce qui m'importait, c'étaient les résultats. Mais cela nécessitait que soient revisitées les méthodes pour y parvenir. Pour la première fois de ma carrière, je me sentais bien et les souvenirs de la conférence d'Edmond Cordier me revenaient souvent. Bénéficierais-je un jour, auprès de mes hommes, de cette même aura ?

Concernant l'inspecteur Fiquet, je ne me berçais d'aucune illusion, il ne m'aimait pas et c'était réciproque. De sa part, cette animosité datait du jour où je fus nommé second du commissaire, à la surprise générale. Dès ce moment, il conçut à mon égard une jalousie à laquelle se mêlait de la rancœur et dont il se vengeait avec beaucoup de mesquineries par des blagues douteuses sur ma foi en Dieu. Durant la maladie du commissaire, l'inspecteur Fiquet fut mortifié de n'être jamais invité au domicile de son supérieur hiérarchique et ne pouvait y lire que la preuve de l'indifférence dans laquelle il était tenu.

– Ah, vous voilà enfin ! Asseyez-vous, inspecteur, ici, près du feu. Nous y serons bien pour causer, me proposa-t-il avec une familiarité qui m'indisposait. Vous avez certainement croisé M. Godard et Cressent. Leur visite est toujours un réel réconfort. Louis Cressent va se marier avec la jolie Amélie, le 4 avril prochain. J'espère être sur pied à cette date. Mais, à la vérité, je n'y crois guère. Cette pleurésie est en train de m'achever. Bon ! Assez parlé de maladie ! Réjouissons-nous de ce prochain mariage… À propos, notre caporal, le sieur Masse, n'a pas fait de vieux os à Arquênes. Il a déguerpi sans demander son reste… D'après ses parents, il vivrait à Paris et mènerait grand train… Je me demande bien dans quelles affaires il est encore allé se fourrer. Bon, ce n'est plus nos oignons… Quel corniaud ! Si je pouvais lui remettre un deuxième coup de pied au cul, ça me ferait bien plaisir… Et l'enquête, où en sommes-nous ?

– J'ai peu de choses à vous raconter. Nous ne sommes guère avancés. Le dernier des quatre copains, le rédacteur des lettres, Albert Fournier…

– Fournier, comme l'écrivain ?

– Oui, un homonyme… Ce Fournier a été interrogé par l'inspecteur Fiquet…

– Vous l'avez laissé partir seul à Amiens ?

– …

– Vous avez raison, il faut lui faire confiance… Avouez que vous ne l'aimez pas beaucoup !

– Commissaire, comme on dit : « Je fais avec. » Quant à mes états d'âme, vous savez que je suis quelqu'un de pudique, je n'en parle jamais… sauf à l'abbé Gaudissart.

– C’est bien, inspecteur, c’est pour ces raisons que je vous ai choisi, je sais que vous ne parlerez jamais à tort et à travers. C’est bien le défaut de trop de gens. Et qu’a-t-il raconté, cet Albert Fournier ?

– Rien, si ce n’est qu’il confirme ce que l’on sait déjà. Il n’a plus jamais eu de nouvelles du docteur et de sa fiancée. Les dernières remonteraient au mois de décembre de l’année 1917. Sur la personnalité du docteur, il est dithyrambique comme son ami Clovis. Pour Marie, c’est plus intéressant, j’ai pu reconstituer son itinéraire. Début mars 1918, elle se rend à Amiens. Malheureusement, elle est l’une des victimes des premiers bombardements qui vont se multiplier sur la capitale picarde. Blessée, elle est transportée dans l’un des trente-cinq hôpitaux que comptait la ville. Là, elle est opérée dans les conditions qu’on imagine. Elle n’en ressortira pas tout à fait indemne. Le docteur qui va la suivre est un spécialiste de ces maladies qui bouleversent l’âme. Il est clairement établi qu’elle a perdu une partie de ses facultés mentales. Elle parle à peine, sourit à tout vent et pendant plus d’un mois, elle va errer comme une âme en joie dans cette cour des Miracles qu’est devenu l’hôpital. Pendant ce temps, le Dr Blanchard va la rechercher avec obstination et finit par la retrouver. Il arrive à la faire sortir grâce à sa qualité de médecin militaire et son grade d’aspirant, en la faisant passer pour sa sœur. Ainsi il évite toutes les questions sur la nature exacte de leurs relations. Quelques jours plus tard, on les retrouve tous les deux à Doullens, dans la maison de la rue du Vert-Bout. Ernestine est leur employée. Aux alentours du 10 mai 1918, on perd définitivement toute trace de vie et pour cause, ils ont été tués. Quel jour exactement ? Personne ne le sait et puis… c’est le trou noir, jusqu’à ce qu’on les retrouve dans l’état que l’on connaît.

– Inspecteur, nous avons fait du bon travail ! Maintenant nous connaissons tous les protagonistes, manque plus que l'assassin ! Pour le mobile du crime, vous avez raison : c'est l'argent mis de côté pour l'achat de la maison. La guerre, les Chinois, les allées et venues du docteur pour le compte de l'armée, le fait qu'il sache parler l'anglais, son amie enceinte ou pas, toutes ces informations ne sont pas essentielles à la compréhension du drame, elles ne sont que le contexte de sa vie, mais le meurtre, c'est un accident dans le sens où c'était imprévisible... Et du côté de l'armée... quelles sont les nouvelles ?

Je redoutais la question. Des nouvelles, j'en avais régulièrement par téléphone. Au bout du fil, toujours le même interlocuteur, le colonel de la Rosière avec lequel je m'entretenais de tous les aspects de l'enquête et qui se félicitait ouvertement que « le gros, avec sa morgue et sa suffisance, soit sur le flanc » et mis à l'écart de l'enquête. Le « gros, avec sa morgue et sa suffisance », visait la personne du commissaire et je trouvais indélicat qu'il fût jugé de la sorte publiquement. Mais l'impression laissée par Herménégilde Marchand lors de son entrevue aux services des armées avait été désastreuse. Dès lors, pour l'armée, j'étais devenu le seul interlocuteur civil avec lequel elle acceptait de collaborer. Un jour, alors que notre conversation téléphonique se déroulait sous d'excellents auspices, je poussai la curiosité jusqu'à interroger mon interlocuteur sur la présence de Jules Mistral lors de ce fameux entretien. Le gradé était formel : lors de leur rencontre, le commissaire s'était présenté seul. J'en concluais qu'il ne s'était pas embarrassé de la présence de notre jeune collègue et comme cette absence m'intriguait, je poursuivis en lâchant comme un appât :

– Je ne sais trop pourquoi mais M. Marchand n'a pas dû garder de son temps d'armée de bien bons souvenirs. Il y a fait quelquefois allusion.

En mon for intérieur, je savais que cette manière de procéder était condamnable sur le plan moral. Mais je m'affranchissais de certaines règles au fur et à mesure que les semaines passaient. Bientôt, je n'éprouverais plus à l'égard de cet homme qu'une haine rentrée. Le colonel marqua un temps de silence, puis il trahit sa curiosité par un « tiens donc ! ».

*

*   *

– Commissaire, lui avouai-je en m'éclaircissant la voix par un léger toussotement, je suis convoqué jeudi prochain à 10 heures, à la mairie, salle du commandement unique.

– Il y aura qui ?

– Le colonel de la Rosière, le lieutenant Boulanger, le maire et moi-même… L'armée veut préciser la responsabilité de chacun. Elle communiquera son rapport d'étape et nous demande de le compléter par les éléments émanant de nos propres sources.

– Très bien, je vais voir avec mon ami, Marcel Ronsard, le secrétaire général de la mairie, pour qu'il soit présent aussi.

– Commissaire, au risque de vous déplaire, je ne crois pas que cela puisse être possible. Le colonel a insisté pour que cette réunion se fasse à huis clos en la présence des seules autorités désignées… « Personne d'autre que nous quatre », a-t-il insisté. C'est un ordre, commissaire !

– Nom de Dieu de nom de Dieu ! Ah, si j'étais sur mes deux pattes, ça ne se passerait pas comme ça, je lui aurais dit ma façon de penser à ce colonel. Comment s'appelle-t-il déjà cet olibrius ?

– Le colonel de la Rosière.

– Il faudra bien, un jour, qu'ils se foutent dans leur caboche que la guerre est finie, terminée… on n'en parle plus… Aujourd'hui, le pouvoir c'est nous, les civils, et le pouvoir, on le confie à ceux qu'on nomme ou qu'on élit... le pouvoir, c'est plus à ces « buveurs de sang », ventre-saint-gris !

Une nouvelle crise de toux lui rabaissa le caquet et provoqua le retour dans le salon de Bonne Mamie.

– Ah ! Monsieur Marchand ! Pourquoi vous vous mettez dans un état pareil ? Ce n'est pas raisonnable ! C'est-y pas vrai, inspecteur ?

– Bon, bon... ça va aller, Adélaïde... Inspecteur, n'oubliez pas de me rendre compte de cette réunion, et mon bonjour à votre famille. Comment va « notre » Françoise ? Il y a bien longtemps que je ne l'ai vue.

31

Lorsqu'il pénétra dans la salle du commandement unique, flanqué à ses côtés du lieutenant Boulanger, le colonel de la Rosière me rappela l'automate avec lequel, enfant, je rêvais de jouer si ma mère, attentive aux injonctions de Mme Élève, ne m'avait interdit d'y toucher. Il marcha d'un pas cadencé jusqu'à la place que l'ordonnancement lui avait réservée et qu'indiquait un carton au verso duquel figuraient son nom et sa qualité. Le port de son uniforme lui donnait une allure altière et imposait son autorité sur les participants à cette réunion. Dans cette posture, cependant, tout semblait n'être que calcul. Le colonel appartenait à la même génération qu'Herménégilde Marchand et j'en vins à me poser la question de l'âge. Pourquoi s'obligeait-il à une telle pantomime ? Était-ce dû à la solennité de l'endroit, aux ombres de ces chefs militaires qui, deux ans auparavant, s'étaient réunis dans cette pièce pour décider du sort du monde ou n'était-ce pas plutôt un travers des hommes de cette génération, ce besoin calculé de se mettre toujours en scène ? Participait de ce calcul le quart d'heure de retard qu'accusait l'horloge, ces quinze minutes qui lui permettaient d'être assuré que tout son monde l'attendait sagement assis. Aussi, quand il pénétra dans la salle, nous nous levâmes pour le saluer tandis qu'il ôtait cérémonieusement ses gants noirs pour nous rendre la politesse.

– Messieurs, je vous remercie d'avoir répondu présents à la convocation que l'armée vous a adressée. Certes, il n'est pas dans les usages de notre corps d'user de telles prérogatives en temps de paix. Pour respecter la nature civile que confèrent ces lieux, je vous demanderai, monsieur le maire, de présider notre réunion, ainsi les apparences seront sauves. L'affaire qui nous rassemble en cet instant présente la singularité de chevaucher les compétences civiles et militaires en matière de justice. Je veux, pour rendre plus explicite mon propos, souligner le statut des deux victimes. La première, Marie Karadec, était infirmière dans le civil. Elle a apporté un concours à notre armée que je qualifierais de « supplétif », si j'en crois les notes qui figurent dans mon dossier. Quant à Claude Blanchard, aspirant, proposé au grade de lieutenant dans la promotion qui devait suivre le recul des Allemands, sa disparition relève bien de l'autorité militaire. C'est à l'armée qu'il appartient donc de faire toute la lumière sur sa disparition.

Le colonel, avec l'autorité que lui conférait son rang, n'avait nullement l'intention de distribuer la parole. Sûr de sa clairvoyance et de son esprit de synthèse, assuré de ses talents d'orateur, il poursuivit son monologue devant un auditoire muré dans un silence poli :

– Ce que nous savons, en toute vérité, c'est que l'aspirant et l'infirmière font connaissance en 1917 au milieu des blessés de l'hôpital de campagne à Arquênes. Vous n'ignorez pas que le rôle dévolu au corps médical de cet hôpital était de remettre sur pied au plus vite nos valeureux poilus pour leur permettre de retrouver leurs frères d'armes et prouver leur dévouement au combat contre l'ennemi. Chaque jour, nous mesurons combien leur héroïsme fut grand. Leur sacrifice nous offre aujourd'hui la paix et l'honneur. Notre mère patrie leur sera éternellement reconnaissante…

À cet instant, je craignis de devoir assister aux panégyriques de tous les héros de 14. Il me semblait lire dans les yeux du lieutenant le même désarroi. Avait-il deviné mon embarras ? Un sourire échangé à la volée m'en persuada. Le colonel se rendit compte qu'il commençait à lasser son auditoire, aussi abrégea-t-il ses louanges :

– Mais, revenons aux faits, poursuivit-il… En 1918, le Dr Blanchard exerce ses missions entre Albert et Nouvion-en-Ponthieu. En effet, ses qualités personnelles et sa maîtrise de la langue de Shakespeare avaient retenu l'attention de l'armée britannique. Il fut convenu que nous le mettrions à disposition des Anglais aussitôt que lui serait attribué le grade de lieutenant. À l'époque des faits, il pouvait se rendre pour la moitié de son temps chez nos amis anglais et ainsi prendre ses marques. Il lui arrivera parfois de servir d'agent de liaison entre nos deux armées ; liaison est un bien grand mot, plutôt du transport de courrier. Mais au printemps 1918, deux événements vont bouleverser la vie du docteur. La première, c'est cette épidémie qui se déclare à Nouvion, chez les Chinois, les supplétifs de l'armée britannique. À cette époque, nous constatons avec effroi le développement de cette maladie qu'on appellera plus tard la grippe espagnole. Il semblait que la population asiatique ait été plus vulnérable que les Européens, du moins c'est ce qu'on a cru longtemps. Aujourd'hui, nous savons qu'il n'en est rien et que cette grippe fera plus de morts que la guerre elle-même. Le docteur est souvent appelé à

Nouvion et on lui adjoint un Chinois qui lui servira d'interprète auprès de ses compatriotes. Mars 1918 intervient le second événement : Marie Karadec, l'infirmière, sa fiancée pour tout le monde, se trouve dans les rues d'Amiens lors d'un bombardement, elle disparaît : personne ne sait où elle se trouve et dans notre esprit, le pire était arrivé. Mais Blanchard est têtu et nous sollicite plusieurs jours de permission pour aider sa sœur à fuir Amiens. Nous lui faisons confiance, en vérité, nous apprendrons plus tard qu'il mettra cette permission à profit pour essayer de retrouver sa fiancée. D'hôpital en hôpital, il va questionner le personnel, le solliciter, or n'oubliez pas qu'on se trouve au moment le plus terrible de la guerre pour la capitale picarde. Un jour, il nous annonce qu'il a retrouvé sa sœur blessée lors d'un bombardement. Pourquoi nous a-t-il menti ? Mystère ! Mais peu importe, les affaires de cœur du docteur, par ces temps de débâcle, n'étaient pas la première de nos préoccupations. Comprenez bien qu'en avril 1918, l'ennemi était à nos portes. L'armée allemande se renforçait avec tous ses régiments venus de l'Est. La révolution russe et le traité de Brest-Litovsk avaient changé le cours de l'histoire et bouleversé l'équilibre des forces en présence. Messieurs, tout s'est joué à Amiens. Un jour, le monde oubliera le sacrifice de sa population, tout comme il oubliera la célèbre phrase que le Tigre en personne a prononcée : « Nous avons connu, à Amiens, les jours les plus angoissants de la guerre, c'est contre Amiens qu'est venu se briser le dernier assaut de la barbarie. » Si Amiens ne s'était pas sacrifié, c'est Paris qui tombait dans les semaines suivantes. Et Paris aux mains de l'ennemi, c'était la patrie qui mourait. Au printemps 1918, nous étions en grande difficulté ; les Américains nous décevaient. Ils ne nous semblaient pas très efficaces ; trop lents, trop procéduriers. C'était compliqué avec eux : problème de langue, de culture, trop de choses nous opposaient. Ce n'est que le 8 août 1918, jour de deuil pour la nation allemande, que j'ai acquis la certitude que nous allions la gagner, cette guerre, mais pas avant... Fallait-il signer l'armistice et faire taire les armes ou poursuivre nos adversaires au-delà de nos frontières pour leur faire payer le prix des destructions et celui de nos morts comme l'exigeait notre maréchal Pétain ? C'est l'histoire qui jugera si nous avons bien fait...

Je trépignais d'impatience avec le sentiment que cette réunion ne servait à rien. Pendant ce temps, imperturbable, le colonel nous livrait, comme s'il s'agissait d'un secret, les tergiversations de l'état-major et les atermoiements du pouvoir politique :

– ... Oui, nous doutions de notre capacité à renverser le cours de cette guerre, l'ennemi avait su prouver sa constance et son opiniâtreté... Comment pourrais-je oublier ces terribles mois de mai et de juin 1918 ? Ces mois où...

– Colonel, pardon de vous interrompre, pouvez-vous nous dire si le Dr Blanchard est bien présent à Arquênes dans les premiers jours de mai 1918 ?

Je l'ai vu me fixer, puis marquer un temps d'arrêt, surpris par ma question. Comme un acteur interrompu dans son jeu par un spectateur éméché, il avait perdu contenance et se trouva égaré dans les fils de sa pensée, animé malgré tout du désir sincère de m'apporter une réponse. Après quelques instants de trouble, il se retourna vers son lieutenant et lui proposa de répondre à sa place. L'officier s'exécuta sans pouvoir retenir un sourire identique à celui que nous avions échangé un quart d'heure plus tôt. D'une manière fort courtoise, il s'adressa à son supérieur ainsi que l'obligeaient les égards dus à son rang :

– Si vous me le permettez, colonel, la réponse est oui. Sur ce point, nous sommes formels. Après bien des recherches, nous avons retrouvé un certificat de guérison daté du 4 mai 1918 et signé à Arquênes de la main même du Dr Blanchard. Notre graphologue est formel, c'est son écriture... Sur ce certificat figurent le nom de soldats aptes au service avec leur matricule, la raison de leur blessure ou la nature de leur maladie, ainsi que la durée de leur séjour, suivis de quelques observations...

Le lieutenant était précis dans son rapport, il n'omettait aucun détail, néanmoins, sa parole ne me paraissait pas libérée, comme en témoigne la manière dont il semblait lire à chaque instant sur le visage du colonel l'autorisation de poursuivre son exposé. Pendant que ces informations nous étaient communiquées, j'échafaudais dans mon esprit les suites à donner à notre enquête. Il me paraissait important de recueillir au plus vite le nom et l'adresse de ces soldats, témoins des derniers jours du docteur à l'hôpital de campagne d'Arquênes. Mon esprit s'enfiévrait. Fort de mes convictions sur le mobile du crime et faisant fi une nouvelle fois du protocole, je commis l'erreur d'interrompre le lieutenant, une erreur que je ne me pardonnerai jamais, tant elle était stupide et naïve. J'aurais dû me taire et le laisser poursuivre son exposé. Mais l'orgueil fut mon pire conseiller ce jour-là.

– Colonel, lieutenant, monsieur le maire, tout porte à croire que le crime commis sur la personne de Marie Karadec et celle de Claude Blanchard s'est produit entre le 5 et le 10 mai. Le 4 mai, vous nous l'apprenez : il est à Arquênes, le lendemain il écrit une lettre à son ami Clovis Nedelec. Le destinataire, hélas, n'a pas gardé l'enveloppe ; c'est bien dommage parce que nous ne saurons jamais de quel endroit elle a été envoyée et surtout le jour précis où elle a été oblitérée. Dans cette occurrence, nous aurions été plus précis sur la date de leurs disparitions. Mais ne soyons pas trop exigeants. Clovis Nedelec fait état d'une somme importante que le docteur a réunie pour l'acquisition de la maison du Vert-Bout... dans cette maison où nous retrouvons leurs squelettes.

Je marquai un temps d'arrêt pour mesurer l'attention que les deux gradés portaient à mon hypothèse et je n'étais pas peu fier d'interpréter la qualité de leur silence comme un gage d'intérêt et, pourquoi ne pas le dire, je les sentais captivés ; même le maire, qui se demandait depuis le début de la réunion ce qu'il faisait là, me regarda avec curiosité. Rassuré, je poursuivis en baissant légèrement le ton pour donner à mes propos le relief de la confidence :

– Messieurs, j'ai la conviction chevillée au corps depuis le début de cette enquête que nous avons affaire à un crime crapuleux, le mobile étant le vol de cette somme d'argent dont nous n'avons jamais trouvé de traces. Les deux malheureuses victimes ont été assassinées par un ou plusieurs individus, mais plus vraisemblablement par un seul.

Contrairement aux usages de l'armée, le lieutenant me demanda de préciser ma pensée sans réclamer la permission du colonel, lequel étrangement ne semblait plus concerné par la tournure de la réunion. Jusqu'à cet instant, j'avais cru que mon hypothèse l'intéressait. Dépossédé de son rôle, il jouait tantôt avec son lorgnon, tantôt avec sa montre qu'il extirpa à plusieurs reprises de son gousset, rêvant à la table d'honneur que le maire lui avait réservée pour le déjeuner au restaurant *La Dent du loup*.

– Oui, lieutenant, je veux bien préciser mon intuition. En l'absence de faits et de preuves supplémentaires, je me suis construit le scénario suivant : quelqu'un, fortuitement, a entendu parler de cette histoire d'argent. Ce quelqu'un n'est pas très éloigné de l'entourage du docteur, il le piste dans ses moindres faits et gestes mais reste toujours un peu à l'écart pour ne pas éveiller les soupçons. Sans être un familier du docteur, il le côtoie suffisamment pour tout apprendre de ses habitudes, du lieu où il réside... qui il fréquente. Notre assassin tourne autour de sa proie à un moment précis de l'histoire de la guerre : la débâcle, chacun est occupé à sauver sa peau, le docteur est moins vigilant aux questions que l'assassin pose pour obtenir les informations dont il a besoin. Quand j'essaie de me construire le portrait du meurtrier, je le vois comme quelqu'un d'ordinaire, capable de se fondre dans la masse, rendant ici ou là quelques services au docteur pour gagner sa sympathie et quémander en retour des aides qui lui permettent de mesurer le degré de générosité du docteur. Claude Blanchard est un homme qui a le cœur sur la main, l'enquête nous l'a appris. Nous sommes en droit de l'imaginer débordé de travail entre ses différents points de chute, un homme également préoccupé par l'état de santé de sa compagne dont on sait qu'elle n'a plus toute sa raison. Dans ce contexte, pas surprenant qu'il se laisse abuser. Notre assassin va se faire conduire dans la maison du Vert-Bout. Ce n'était pas la première fois que le docteur invite quelqu'un chez lui avant de repartir à Albert ou à Nouvion. Arrivé dans la maison, notre assassin met la main sur cette somme d'argent et puis c'est le drame. Il tue froidement le docteur… deux balles dans le dos, mais il n'en a pas fini. Avec la même logique implacable, il se saisira d'une arme blanche pour se débarrasser de Marie Karadec. Pourquoi une arme blanche ? Peut-être a-t-il réalisé que des coups de feu répétés pourraient alerter le voisinage. Peut-être a-t-il compris que sa seconde victime se laisserait tuer docilement en souriant comme elle le faisait tout le temps. Qui saura ? Dès lors, notre assassin va faire les choses comme il les a anticipées : de sang-froid, il dépose le cadavre du docteur dans la cave où nous l'avons trouvé, répand du sable sur le corps et procédera de la même façon pour l'autre victime. Puis, il va déplacer les stères de bois présents dans la cave pour recouvrir les victimes, comme pour un sarcophage. Enfin, assuré que nul témoin ne l'a aperçu, il quittera définitivement les lieux. En résumé, le portrait que j'ai pu dessiner de l'assassin laisse à penser que nous avons affaire à un homme jeune, vraisemblablement un soldat au moment des faits, en tout cas un homme déterminé, calculateur. Voilà, messieurs, le fruit de ma réflexion.

Je laissai planer le silence. Si le lieutenant et le maire avaient suivi avec intérêt ma démonstration, il n'en était pas de même pour le colonel et je ne m'expliquais toujours pas son attitude.

– Messieurs, finit-il par dire, ce scénario, je l'avoue, ne manque pas d'intérêt. Certes, mais convenons que les preuves nous manquent terriblement pour le rendre totalement crédible. Il nous faudrait passer au tamis les derniers mois de vie du docteur et ceux de tous ses malades pour retenir ce qui conforterait vos hypothèses, inspecteur. Cependant, nous n'avons pas perdu notre temps. Lieutenant, vous vous rendrez le mois prochain à Paris aux services des armées pour poursuivre les recherches à partir des quelques noms figurant sur les procès-verbaux établis en mars, avril et mai 1918 par le Dr Blanchard. Si votre hypothèse est la bonne, inspecteur, peut-être aurons-nous la chance de mettre le grappin dessus. Mais, personnellement, j'en doute… En vous écoutant, je me suis forgé la conviction que c'est dans l'armée, en son sein, que réside la vérité sur cette ténébreuse affaire. Aussi ai-je la désagréable mission de vous informer que la poursuite de l'enquête relèvera de la seule autorité du pouvoir militaire et ce dans l'intérêt des familles et de l'armée. Nous avons suffisamment à faire en ce moment avec le recensement des victimes et l'aménagement de tous ces cimetières militaires pour permettre que l'image de l'armée ne soit une nouvelle fois écornée par cette presse avide de sensationnalisme, une presse qui n'hésiterait pas à divulguer le moindre ragot ou à salir la réputation des victimes. Inutile de vous préciser que cette décision devra être validée avec l'accord de l'Intérieur. Messieurs, je compte sur votre loyauté et votre sens des responsabilités pour que, jamais, ces propos ne sortent de cette pièce. N'oublions pas que sous ce plafond (et pour bien faire sentir l'acuité de ses propos, il leva la tête) s'est joué le sort du monde. Inspecteur, je voulais en conclusion saluer votre collaboration, l'Intérieur peut s'honorer d'avoir à la tête de ses commissariats des hommes de votre valeur. Vous nous avez été précieux toutes ces dernières semaines et vos réflexions seront très utiles pour les suites que nous ne manquerons pas de donner à cette enquête. Messieurs, maintenant permettez-moi de vous inviter. Monsieur le maire, nous vous suivons…

Cette décision fut une demi-surprise. Contrairement aux allégations du colonel, elle n'était pas née spontanément mais avait été préparée en amont et de longue date. Le commissaire l'avait pressentie. Avant Noël, il m'avait confié ces mots qui résonnaient durement aujourd'hui : « Vous verrez, inspecteur, vous verrez. Un jour, tôt ou tard, ils nous convoqueront pour nous interdire la poursuite de l'enquête. Ces gens-là, on ne peut pas leur faire confiance. » J'avais jugé ces propos excessifs. Le soir, quand il m'a fallu lui rendre compte de cette rencontre, je n'en menais pas large. J'avais le sentiment d'être tombé dans un piège, d'avoir été d'une maladresse incroyable. Quel besoin avais-je eu de tout leur raconter ? Il me vint à l'esprit que j'avais encore beaucoup à apprendre des hommes et de leur loyauté supposée. Il me fallait admettre une bonne fois pour toutes que la comédie humaine obéissait à des lois souveraines et qu'avant de devenir un vrai commissaire, j'avais du pain sur la planche. À la fin de notre entretien, le commissaire lâcha sans aucune émotion particulière : « Je vous l'avais dit… » Puis il me pria de l'excuser, il était trop fatigué pour poursuivre cette conversation. Je le quittai non sans lui avoir souhaité un bon repos.

32

Si un jour je décidais de mettre un terme à ce journal, je n'abandonnerais pas pour autant l'écriture. Non, j'avais éprouvé trop de plaisir dans cet exercice. Il m'avait également permis de surmonter bien des épreuves. Mais que dire ? Qu'écrire à la place de ce journal… des poésies ? Trop difficile, trop de règles, pas assez d'inspiration ; un roman ? Pour raconter quoi ? Et surtout qui me lirait ?

– À quoi pensez-vous, commissaire ?

– À rien de précis ! Mais si cela ne vous dérange pas, appelez-moi inspecteur. Ne pas vendre la peau de l'ours avant de l'avoir tué… vous connaissez le dicton.

Pour les hommes qui m'accompagnaient ce matin-là, c'était comme si c'était fait. Le bruit courait, insistant, depuis plusieurs semaines, de ma nomination imminente dans les fonctions de commissaire, en remplacement d'Herménégilde Marchand. Ce dernier, sous l'aimable mais néanmoins ferme pression de notre hiérarchie, avait consenti à devancer sa demande de mise à la retraite. Depuis deux mois, il s'abandonnait inexorablement à la maladie sans se donner la peine de se battre. Il acceptait son sort comme le juste châtiment d'un crime commis en toute impunité mais qui, maintenant, taraudait sa conscience sans pouvoir lui laisser de répit. Son attitude pouvait surprendre. Lui, si opiniâtre avec les hommes qu'il commandait, semblait résigné avec une abnégation dont on ne savait s'il fallait l'en féliciter. Je me souvenais de ce début d'hiver quand il tomba soudainement malade et si je l'avais oublié, la tenue de mon journal en faisait foi. C'était exactement à son retour d'Amiens, le lendemain de la disparition de notre jeune collègue Jules Mistral dont tout le monde pensait, à tort j'en étais convaincu, qu'il s'était construit une nouvelle vie en Amérique. Plus rien ne semblait rattacher le commissaire à la vie. Il se mourait dans une langueur qui aurait pu m'inspirer de la pitié, mais ce ne fut pas le cas. Comme beaucoup de ceux qui le connaissaient, j'attendais simplement que Dieu fît son œuvre. L'Éternel allait bientôt l'appeler pour le juger et son sort, désormais, n'était plus dans les mains des hommes. Le droit de l'accuser ne m'appartenait plus. Bientôt, le titre de commissaire me serait attribué et je m'efforcerais de donner à cette fonction une autre image que celle offerte par Herménégilde Marchand. Une image de sérieux, dénuée de mansuétude, mais animée d'une foi en une justice immanente.

Il m'avait presque supplié de me rendre à Arquênes pour le représenter aux noces d'Amélie Penaud et de Louis Cressent et, pour que tout se déroule sans incident, m'avait fortement conseillé de m'adjoindre le concours de deux policiers. La peur que la fête soit troublée par Edmond Masse l'empêchait de dormir depuis quelques jours et l'avait conduit à faire part de ses craintes au Dr Saindec et au pharmacien Pierre Maillon. Je ne voyais pas l'intérêt d'un tel déploiement de forces mais je craignais tout autant qu'il ne me rendît responsable si d'aventure le faux caporal réussissait à perturber la cérémonie. J'étais convaincu que l'autre n'oserait se manifester mais je me rendis à l'amicale pression du Dr Saindec. J'avais cédé et mon amour-propre en prenait un coup. Je me disais que, tant qu'il serait encore en vie, je ne pourrais m'épanouir dans l'exercice des responsabilités qui étaient les miennes dorénavant. D'autres mots me venaient à l'esprit qui exprimaient mon agacement à le savoir si près de moi, des mots que je taisais. Son attitude et sa vigilance constante m'empêchaient de travailler sereinement. Il n'avait plus de prise sur les affaires du 35 de la rue d'En-Haut mais il faisait comme si c'était encore le cas.

Je m'en étais ouvert à Madeleine, ce qui était rare car, d'ordinaire, je ne souhaitais la mêler ni de près ni de loin à mes affaires. Mon épouse et mon aînée ressentaient à l'approche de ma nomination une fierté qu'elles ne cachaient pas. Quant à ma cadette, son attitude était plus contrastée et ses sentiments se partageaient entre l'admiration pour mon parcours personnel et l'exécration de la fonction qu'elle subordonnait trop facilement à la répression de la classe ouvrière. Je m'évertuais à lui faire entendre le contraire mais c'était peine perdue. Elle ne m'écoutait pas.

Ce 4 avril, jour de noces pour Amélie Penaud et Louis Cressent, était un jour de beau temps, quelques nuages floconneux dans le ciel matinal se laissaient glisser paresseusement vers l'horizon. Les premiers jours du printemps étaient agréables. Deux jeunes policiers m'accompagnaient. C'étaient deux nouvelles recrues ; l'un remplaçait Jules Mistral et l'autre occupait un poste qui avait été créé récemment pour compenser l'accroissement des activités de police sur le chef-lieu du canton.

Sur le chemin qui nous menait jusqu'à Arquênes, j'avais découvert quelques années avant la guerre un lieu insolite que je désirais revoir avant de rejoindre les noces. Nous étions en avance sur l'heure prévue et ce détour ne pourrait nous mettre en retard. Bientôt, au sommet d'un coteau, je l'aperçus au milieu du pré. Il était là, comme un soldat au garde-à-vous, pavoisé comme avant guerre de ses ex-voto faits de chiffons bigarrés. C'était un vieil orme perdu dans l'immensité verte d'une prairie et dont le hasard avait voulu que sa branche maîtresse soit offerte à la corde d'un pendu. La légende disait qu'un désespéré l'avait choisi pour mettre fin à ses jours après avoir été le témoin du viol de sa promise par deux sergents recruteurs des armées de Napoléon tandis qu'un troisième le tenait en respect avec son fusil à baïonnette. En terre de Somme, les légendes sont tenaces et depuis ce jour, les villageois prirent l'habitude de venir sous la branche du pendu pour implorer Dieu et formuler toutes sortes de prières : la guérison de l'enfant malade, la vache qui n'en peut plus de vêler, la pluie que les nuages retiennent obstinément. Chaque épreuve leur donnait l'occasion de rencontrer Dieu et pour se rappeler au bon vouloir de notre Seigneur, ils découpaient des bandes de chiffons qu'ils accrochaient aux branches de l'orme, lequel semblait s'accommoder avec le temps de ces fruits singuliers.

Tandis que je m'interrogeais sur le caractère païen de ces pratiques, mes deux compagnons, qui n'en avaient cure, trépignaient d'impatience. Je ne les fis pas attendre plus longtemps et nous repartîmes bien vite. Pendant le voyage, ils me posèrent mille questions sur l'enquête. Je les sentais motivés par ce désir ardent de poursuivre certaines investigations et je regrettais vivement qu'ils ne soient pas arrivés au tout début lorsque les deux corps furent mis à jour. Nous aurions pu mieux organiser l'ensemble des démarches et peut-être aurions-nous pu aboutir à de bien meilleurs résultats. Mais tous ces regrets appartenaient au passé. L'armée avait verrouillé les portes et il fallait se résigner. Je ne pouvais cependant m'empêcher de comparer leur zèle au peu d'empressement que Jules Mistral avait manifesté lors des premières investigations. Je me souvenais tout à coup de ce matin où je l'avais retrouvé dans le bureau du haut, effondré, tandis que l'ensemble des hommes étaient réunis dans la salle des interrogatoires pour assister à la synthèse présentée par Herménégilde Marchand. Où était-il maintenant ?

À peine arrivé sur les lieux des noces, je distribuai à chacun son rôle et les tâches qui en découlaient. Ce plan avait été concerté la veille au soir et chacun savait parfaitement ce qu'il devait faire. Le premier, celui qui remplaçait Mistral, fouillerait la maison des parents d'Edmond Masse. Il devait les intimider et recueillir les preuves de la présence éventuelle de notre faux caporal dans les jours précédant la cérémonie. Le deuxième surveillerait les alentours de l'église et les granges où serait servi un vin d'honneur. Pendant ce temps, j'assisterais à la cérémonie religieuse tout le temps qu'elle durerait. Installé dans les dernières travées de l'église, il me serait plus facile de prévenir le moindre incident.

À l'intérieur de l'édifice, la foule se pressait pour obtenir une place assise. Le marié, debout devant l'autel, attendait sa promise, manifestant quelques signes d'impatience. De temps à autre, il se retournait vers la nef en espérant la découvrir dans la lumière du porche principal. Le prêtre, quant à lui, se préparait en distribuant ses conseils aux enfants de chœur tout intimidés de voir, en se retournant, leur maître d'école beau comme un sou neuf. Quelques instants plus tard, la mariée fit son apparition au bras de son père. Elle portait une robe blanche et son visage était masqué par un crêpe de tulle. Je compris, aux regards insistants des curieux placés sur les travées de gauche, qu'un détail retenait leur attention, détail que je ne découvris qu'à la toute fin de la cérémonie. À la demande du curé et pour ne pas offenser Dieu qui voyait tout de là-haut, la mère d'Amélie avait cousu, tout le long du côté droit de la robe de mariée, un liseré rouge. Cette marque d'infamie signifiait que sa fille n'était plus vierge et que le sacrement du mariage serait entaché de bassesse. Mais Amélie était bien au-dessus de ces préjugés et si elle regrettait de s'être confessée avec trop de candeur, elle n'éprouvait aucune honte à s'être donnée à son amant sans attendre la bénédiction du prêtre. Depuis quelques jours, le couple s'affichait crânement et les paroissiens en seraient chagrins jusqu'au jour de la cérémonie.

Tout était calme et la messe consacrant le mariage s'était déroulée sans incident. La mariée était belle, même avec le liseré rouge cousu sur sa robe. Comme je l'avais envisagé, rien ne s'était produit. Il en fut de même pendant le vin d'honneur qui suivit l'office religieux. Je demandai au policier en faction de continuer sa surveillance le plus discrètement possible et me pressai de rejoindre son collègue dans la maison des parents de notre faux caporal.

Ils étaient assis dans leur fauteuil, comme deux pénitents, se demandant ce qui pouvait leur valoir un tel affront. Certes, ils n'étaient pas dupes. Depuis le départ précipité de leur fils en novembre, ils se doutaient que leur grand gaillard s'était encore mis dans de vilaines affaires. C'était pitié de voir ce grand escogriffe passer son temps à boire et à tourner autour des filles. Depuis qu'il était revenu de l'armée, il était méconnaissable. Ce n'était plus le même : vantard, colérique, jouant les grands seigneurs avec de l'argent dont on se demandait souvent où il était allé le chercher, mais, après tout, c'était ses oignons et ils ne voulaient pas s'en mêler. En vérité, les vieux ne savaient pas s'ils devaient se réjouir de le savoir loin ou pleurer de ne pouvoir être aidés pour les travaux des champs. Le père, le visage tendu, me demanda poliment s'il pouvait s'absenter pour traire ses vaches. Je lui en accordai la permission et allai rejoindre le jeune policier dans la chambre qu'occupait, il y a quelques mois encore, Edmond Masse.

– Regardez, commissaire, ce que j'ai trouvé ! me lança-t-il sur un ton jubilatoire.

C'était un pistolet, un mauser C96, modèle 1916, de fabrication allemande, acheté vraisemblablement au marché noir. Je n'étais pas surpris car ces ventes, bien qu'illicites, étaient monnaie courante. Cependant, les instructions que nous avions reçues de l'Intérieur nous sommaient d'arrêter la propagation des armes de guerre. Mais ce n'étaient que vaines recommandations, ce marché était trop lucratif : tout s'achetait, tout se vendait, de la simple vareuse d'officier au képi d'un sergent. Les fûts des obus étaient très prisés et un mauser C96 pouvait rapporter une coquette somme d'argent à son propriétaire. Je tempérai l'ardeur de mon jeune collègue :

– S'il avait eu de mauvaises intentions, il n'aurait pas laissé traîner cette arme dans une armoire, il l'aurait emportée sur lui. Je ne crois pas non plus qu'il soit jaloux au point de les tuer… Rien d'autre ?

– Non ! rien de particulier.

En se retournant, il me permit de découvrir, sur une table, un fatras d'objets hétéroclites qu'il avait dénichés dans les recoins de l'armoire et de la commode.

Je le vis ! Je ne vis que lui.

Un bracelet en lapis-lazuli au centre duquel pendait une petite colombe aux ailes déployées, identique au collier que les enfants Zudek avaient déniché sous une pile de draps rangés dans la maison du Vert-Bout. Aucun doute possible. L'émotion se lisait sur mon visage et le jeune policier la remarqua :

– Un problème, commissaire ?

– Non, rien. Je réfléchis à quelque chose.

Depuis la fin de l'été dernier, nous avions cherché partout les indices nous permettant de retrouver l'auteur du double crime de la rue du Vert-Bout. Nous avions ratissé toutes les contrées, interrogé des dizaines de personnes, retrouvé les témoins, et je me désespérais de voir ce travail rendu vain par les décisions péremptoires du colonel de la Rosière. Et, aujourd'hui, en ce 4 avril 1921, le maillon qui nous manquait pour reconstituer la chaîne des événements ayant conduit à ce crime crapuleux, ce maillon, je l'avais devant les yeux. Comment avions-nous pu le laisser nous échapper, l'autre, le salaud, celui dont Herménégilde Marchand avait botté les fesses, celui qui m'avait inspiré de la pitié quand il fut humilié de la sorte ! L'imbécile que j'étais ! Il me fallait une nouvelle fois reconnaître que le commissaire ne s'était pas trompé dans son jugement sur la personne d'Edmond Masse. Il l'avait perçu tel qu'il était : un être vil, sans scrupule, capable de tuer pour s'enrichir. Le salaud ! Ne s'était pas trompé non plus le maire d'Arquênes qui, lorsque nous l'avions interrogé, avait eu ces mots : « Lui, cet olibrius ! C'est pas un garçon très fréquentable, croyez-moi ! Toujours dans les sales coups, mais rusé comme un renard ! » Et le portrait que j'avais dessiné de l'assassin devant le colonel de la Rosière : en tout point concordant et tellement proche de cet ignoble individu !

– Commissaire ? Quelque chose ne va pas ?

– Oui, pardon... non, tout va bien... mettez-moi tout ça dans un sac... Quant au bracelet, je vous expliquerai plus tard, mais avant je dois le faire expertiser chez M. Joseph.

Le soir de ce 4 avril 1921, je me replongeai dans mes notes personnelles et je relus cet extrait de la conférence d'Edmond Cordier que j'avais consigné dans mon recueil : *En mai, il y a ceux qui ont mis à profit la saison des gelées pour fomenter le moyen par lequel ils allaient s'enrichir crapuleusement et échapper à leur condition dont ils ont ressenti l'amère réalité pendant de longs mois.*

33

Il avoua ou, plutôt, cracha la vérité dans des filets de sang et sous les coups que lui administrèrent ceux qui le gardaient depuis plusieurs jours. Que pouvait-il faire ? La preuve était implacable et le récit qu'il fit par la suite des circonstances de l'assassinat de Claude Blanchard et de Marie Karadec me permit de vérifier l'exactitude des hypothèses que j'avais avancées en présence du commissaire ou devant le colonel de la Rosière. Je revis Edmond Masse pour la dernière fois le jour où il fut ramené de

Paris à Amiens. Enfermé dans une cellule au sous-sol d'une caserne, il gisait sur un banc de pierre, les mains attachées derrière le dos, les pieds entravés par un bâton autour duquel était enroulée une corde. Dans cet état de prostration, il me rappelait les pensionnaires du pavillon Verdun de l'hôpital Saint-Vincent. Les cheveux hirsutes, le visage coloré d'ecchymoses, il me dévisagea sans me reconnaître, sans savoir que devant lui se tenait l'homme qui avait fait basculer son destin. Ma visite précédait de quelques heures son exécution, porte de la Hotoie, sur la place du Marché-aux-Chevaux. Nous étions le 30 août 1921, un an jour pour jour après que nous avions découvert les deux victimes.

Tenir un journal n'a de sens ou d'intérêt que lorsque se manifeste une souffrance que seule l'écriture peut vaincre ou apaiser, sinon, dites-moi à quoi cela pourrait servir ?

– Vous savez, monsieur le commissaire, quand les paysans de nos contrées tiennent leur journal, c'est qu'ils ont réussi à labourer en une journée une parcelle de quarante-deux ares.

C'est l'ancien maire d'Arquênes qui me le confiait. Je le revis souvent avec plaisir. Au fil de nos rencontres, il m'était devenu sympathique et notre première entrevue plus qu'un mauvais souvenir. Il avait tant de choses à m'appendre sur un monde que je n'avais jamais fréquenté. Par le truchement de ce journal, je m'adressais souvent à Dieu pour qu'il me permît d'apaiser mes craintes et lever mes doutes. De ma seule autorité se jouait désormais le sort de pauvres hères ou de bourgeois malveillants. Je n'avais pas le droit à l'erreur, aussi je sollicitais régulièrement mes hommes pour les obliger à recouper toutes les informations qu'ils glanaient sur les chemins escarpés de la vérité.

Herménégilde Marchand mourut le 24 décembre 1921, veille de Noël, après ce qu'il est convenu d'appeler une longue maladie. Il fut enterré dans la plus stricte intimité. Seuls ses amis proches étaient présents ce jour-là. L'inspecteur Fiquet accepta de me représenter, bien qu'il lui en coûtât. J'avais cessé de voir le commissaire depuis la fin du mois d'août. Je ne voulais plus avoir en face de moi cet individu pour lequel je ne ressentais, désormais, que du mépris.

Le jour de l'exécution d'Edmond Masse, j'avais croisé le colonel de la Rosière, venu sur les lieux en badaud. Quand il me reconnut, il tint à me féliciter et admettre, par des propos contrits, les torts de sa hiérarchie. Mais il ne s'appesantit pas sur sa propre responsabilité. Je le sentis tout excité de pouvoir me rapporter ce qu'il avait appris à propos d'Herménégilde Marchand.

– Ah, je comprends, me dit-il sur un ton narquois, pourquoi votre commissaire en voulait tant à l'armée...

Il m'expliqua sans luxe de précaution ce que je redoutais d'entendre depuis tant de mois et que je me refusais par la suite à relater dans mon journal. Pendant son temps d'armée, Herménégilde Marchand avait été surpris dans le plus simple appareil en compagnie d'un autre homme et leur relation, à cet instant, ne souffrait aucune équivoque. Pour ces faits licencieux, l'armée préféra écourter leur temps de service militaire et les renvoya à la vie civile. Comment, après de tels faits, réussit-il le concours d'inspecteur de police ? De quels appuis avait-il pu bénéficier ? Ces questions, comme bien d'autres, me vinrent à l'esprit dans les jours qui suivirent. Une autre interrogation me troublait : l'évêque avait dû être informé de ses agissements, comment pouvait-il, dès lors, lui conserver toute son amitié ?

En octobre 1922, à l'initiative de notre ministère, je me rendis à Paris pour une conférence sur le développement des mouvements anarchistes. C'est à cette occasion et par le plus grand des hasards que je rencontrai le commissaire en charge des affaires de la cité de Narbonne.

C'était un homme très âgé et proche de la retraite, dont l'intérêt pour le contenu de ces journées d'information était relatif, mais il profitait de cette occasion pour se donner une dernière fois du bon temps dans la capitale. Sitôt les présentations faites, je m'empressai de lui demander s'il avait des nouvelles de notre jeune collègue Jules Mistral. C'est dans ces circonstances que j'appris son décès.

Des chasseurs de sangliers avaient retrouvé des ossements au bas d'une falaise, dans le massif de la Clape, près de Narbonne. Le corps avait dû séjourner très longtemps à cet endroit et il ne restait plus grand-chose. Les vêtements qu'il portait furent identifiés par la famille. Accident ? Suicide ? Qui pouvait l'affirmer ?

J'étais ému, au bord des larmes, la voix coupée. Devinant mon émotion, il soupira :

– Commissaire Dorville… laissons Dieu juger les hommes…

Remerciements

Dans ce travail d'écriture, patient et singulier, ils m'ont encouragé, conseillé ou corrigé dans un seul intérêt : celui de m'aider.

Merci à Dominique Desprez Lecup, Christiane et Jean Bernard Choukroun, Éric Pringarbe, Françoise et Franck Irjud, Marie Rose Kazmierczak, Gaétan Hecquet, Jean Pierre Brantrand, Alain Michel Navarro, Hélène Defecque, Bernadette Defecque Castermant, Dominique Paris, Michel Barbazin, Daniel Fessier, Marc Juguet, Alain Fouchard et Philippe Theo.

Au fil des pages, j'ai emprunté quelques expressions à Marcel Proust, Louis Pergaud, Alain-Fournier et, pour ce qui a trait à la guerre, à Pierre Miquel auquel je voudrais rendre hommage pour *Les oubliés de la Somme.*

L'*Histoire et traditions du pays des coudriers, canton de Villers-Bocage* a été une source inépuisable de récits du siècle passé.

Ma pensée la plus émue va à mon père qui fut mon instituteur jusqu'à mon entrée au collège. *Les sacrifiés de la Somme* fut son dernier livre de chevet.

Éditions Ravet-Anceau
5 rue de Fives
BP 70123
59651 Villeneuve-d'Ascq cedex
Tél. : 03.20.41.40.70
Fax : 03.20.41.40.75
www.ravet-anceau.fr

Imprimé en France
Achevé d'imprimer par CPI Firmin Didot en août 2014
N° d'impression : 123947
Dépôt légal : mars 2014
ISBN : 978-2-35973-382-2
EAN : 9782359733822
ISSN : 1951-5782